江苏省电力作家协会

JIANGSU ELECTRIC POWER WRITERS ASSOCIATION

苏电文丛 第一辑

苏电文丛

无影绳

李岩岩 著

天津出版传媒集团

百花文艺出版社

图书在版编目（ＣＩＰ）数据

无影绳 / 李岩岩著 . -- 天津：百花文艺出版社，
2024.1
（苏电文丛）
ISBN 978-7-5306-8609-6

Ⅰ.①无… Ⅱ.①李… Ⅲ.①短篇小说－小说集－中
国－当代 Ⅳ.① I247.7

中国国家版本馆 CIP 数据核字 (2023) 第 198714 号

无影绳
WU YING SHENG
李岩岩　著

出 版 人：薛印胜
责任编辑：张　雪
装帧设计：鸿儒文轩·书心瞬意
出版发行：百花文艺出版社
地址：天津市和平区西康路 35 号　　邮编：300051
电话传真：+86-22-23332651（发行部）
　　　　　+86-22-23332656（总编室）
　　　　　+86-22-23332478（邮购部）
网址：http://www.baihuawenyi.com
印刷：三河市华东印刷有限公司
开本：880 毫米×1230 毫米　1/32
字数：155 千字
印张：7.25
版次：2024 年 1 月第 1 版
印次：2024 年 1 月第 1 次印刷
定价：52.00 元

如有印装质量问题，请与三河市华东印刷有限公司联系调换
地址：三河市燕郊冶金路口南马起乏村西
电话：19931677990　邮编：065201

总　序

开拓文学之境，勇攀创作高峰

江苏省电力作家协会一次推出十位电力作家的十部文学作品，以文学丛书的宏大气势集中发力，进入社会和读者视野，可喜可贺！

这是江苏省电力系统学习贯彻习近平总书记关于文艺工作重要论述和党的二十大报告对文化建设新部署新要求所取得的成果。我们的作家深刻把握新时代文艺工作的定位和使命，增强文化自觉，坚定文化自信，站在为国家立心、为民族立魂、为时代立传的高度，以强烈的历史担当和瑰丽的文学画卷，充分展现新时代的精神图景。从这十位作家的十部不同题材、体裁的作品来看，他们都善于从平凡中发现伟大、从质朴中寻觅崇高、从自己融入人民群众的实践中发现真善美，用情用力地注重作品质量，形象生动地表现时代之美、劳动之美、自然之美、生活之美、心灵之美。品读他们的作品，能够触及作者的心声，感悟作者的心动，体悟作者为职工抒写、为人民抒怀、为事业抒情的生动笔触中的文字之美、语言之美、文学之美。在敬佩之余也深受激励。

这是实施"中国新时代电力文学攀登计划"、奋力推进新时代电力文学高质量发展在江苏电力落地的可喜成果。"中国新时代电力文学攀登计划"旨在不断推出优秀作家的优秀作品。江苏省电力作家协会集中推出十位作家的十部作品，体现了电力团体组织的工作成效，彰显了电力团体作家队伍中个体创作的丰硕成果，彰显了电力团体攀登进取精神。丛书题材、体裁多样，呈现出文学文本的丰富多彩性。小说故事情节跌宕起伏、引人入胜，人物栩栩如生；散文情感细腻、文笔清新，形散而神不散；诗作文采飞扬，飘逸灵动。十部佳作感情真挚，表达精练，文以载道，文以言情，文以言志。就像将各种水果收入果篮那样，一并奉献给读者，使人悦目娱心，精神振奋。值得称道的是，国网江苏省电力公司为江苏省电力作家协会营造了一种积极向上、团结和睦、共同进取的氛围，这种氛围，促进了电力文学的繁荣发展，促进了作家们相互学习、相互交流、相互激励、相互提高。

这套文学丛书的"闪亮登场"，给中国电力作家协会团体会员单位提供了可以效仿的榜样。阅览这十部出自江苏省电力作家之手的作品，不禁被江苏省电力作家协会的"倾情"、十位电力作家的"倾心"所感动：江苏省电力作家协会集中发力，倾情投入，邀请文学界知名作家、评论家、编辑家集中审读研讨、修改打磨书稿，最终推出一套优秀的文学作品，难能可贵。身在江苏省的电力作家肩负重任，一肩挑"本职工作"，一肩担"文学创作"之任务，深扎电力沃土，工作之余伏案笔耕，把自己生活中的积淀、对生活的热爱、生活中的感悟，化为文字，实属不易。组织的关怀、作家的付出都是值得的。

这套丛书为我们电力团体组织带来很大的启示：我们的文学创作者要准确把握时代命题与电力文学的关系，深入电力一线，把自己的思想、情感，同生活、同人民融为一体，做到"身入""心入""情入"，以独特的眼光洞察世事人生，以真挚情感投入作品创作，记录时代巨变、讴歌电力系统取得的成就和职工精神风貌，不断推出反映时代精神的电力题材精品力作，开拓电力文学新境界，攀登电力文学新高峰。这也是新时代对广大电力文学创作者的要求！

一次集中向社会、读者推出十位作家的十部作品，是中国电力作家队伍发展壮大的体现、取得的优秀成果的展示。这也是对中国电力文学、对中国文学的崇高致敬！

潘　飞

中国电力作家协会驻会副主席，《脊梁》执行主编

2023 年 8 月 31 日

代　序

谁不曾年少，谁不曾在爱人的肩头哭泣，在时间的旋涡中徘徊。

读完《无影绳》，我不禁感叹年轻真好，还能感受到爱的疼痛。年轻真好，还能鼓起挣脱绳索的勇气。我仿佛看到我们这个时代中那些青春蓬勃的面孔，那些为了理想、爱情和生存奔忙的身影。他们走出校园，以稚嫩的语言、纯真的气质进入社会。他们在迷茫却不失锐气的找寻中获得自己的位置，找寻爱情婚姻的甜美，品尝失意挫败的辛辣，理解生老病死的苦涩。

这是一本有关青春、疼痛和成长的故事集，也是作者青春心路历程的记录。我认识作者李岩岩是从他的文字开始的，刚开始是新闻通讯和精短散文，后来是报告文学和小说。从新闻作品转型到文学作品，这样的路不是每个人都能走得通的。它需要作者保有始终不满足于文字现状的心态，需要作者不断地自我否定并朝着精神和情感的世界迈出探险的步子。李岩岩做到了。

　　与书同名的短篇小说《无影绳》中，廖原、李奇、郭耀、张义四个年轻人的故事为读者呈现出初入职场的青年在人生路上的多种可能。在"无影绳"的塑造下，四位大学同窗好友留下了不同的人生轨迹，有人春风得意有人失落挫败，有人浑浑噩噩有人到处求索。他们被一条无形的绳索牵引着，横冲直撞，艰难成长，终将被其驯服，又终将挣脱桎梏。

　　读一个人的小说，我们可以给这个人画像。这样的画像甚至比画师的手绘和摄影家拍摄出的照片还真实。画像和照片是平面的、静止的，是人刹那间状态的显影。小说却能深入这个人的内心世界，给他画出一幅立体、真实、动态的像。从这部小说集中，我们似乎可以看到曾经的作者。《七伤拳》中，大学毕业后的齐宇轩跌进生活的沼泽里，和妻子过着平淡的生活，却不断地在回忆婚外恋的点点滴滴，灵魂与肉体遭受双重煎熬，齐宇轩觉得自己"少了一根肋骨，常常隐隐作痛"。《谁来参加他的婚礼》里，齐东川和二姐、曹芹和主人公，两对青年为生活奔波，在事业、爱情和家庭中周旋，有悔悟也有伤叹。

　　李岩岩通过塑造一个个文学人物，去展示他所感知、触摸和理解的世界，读者或有共鸣，或有感悟，乃至恍然大悟。当然，李岩岩塑造的小说世界还是诗意的，弥漫着青春特有的淡淡哀愁和淡淡忧伤。青春有伤痕，不过，一切伤口都可以在时光中弥合。《仲夏》里的罗文斌在误诊后开始思考人生、审视情感。《三点一刻》中年轻的主人公错失爱人，又在成年独立后勇敢地寻回真爱。《带着女儿去相亲》中的主人公走出失去爱人的阴霾，鼓起勇气带着女儿去相亲。成长的过程就是不断地在试错，生活的不确定性有时仿佛一座大山横在人生路上，跨过去也许就风轻云淡了。所以，李岩岩笔下的人物总能冲破藩篱，走出泥淖，重启人生。

作为电力工作者，李岩岩的小说中少不了对同行的刻画。《纸飞机》里的主人公，为了理想和事业只身去援藏，在电网建设工地上一边让肉体接受高寒缺氧、强体力劳动的磨炼，一边让精神遭受失恋孤独的折磨。《那一列开往春天的高铁》借一名女作家的眼睛去看男朋友从事的电力行业工作，他专注而无法常伴恋人身边，沉迷于清洁能源替代工作以保护"万里长江最后一道生态屏障"。小说结尾皆有隐喻，作者的同行应该都收获了美好爱情。

值得一提的是，小说集《无影绳》的开篇是科幻短篇小说《高空飞车》。读者在这篇小说里领略了未来城市的交通状况，体验到智能生活的数个细节。然而，科幻文学是一种超现实但不超自然的文学。科技为人类提供了高效便捷舒适的生活，那么人该如何自处？这是李岩岩在小说中提出的问题。一起高空飞车交通事故引出重度抑郁症患者刘漾的故事，他因失恋而引发旧疾，却又在案情步步推进中找到自我。"最温暖的不是科技，是人心。"这样的话语在书中俯拾皆是，耐人寻味。

死亡是文学创作中常见的主题。《波澜》一篇似乎游离于小说集主题之外，仿佛是一篇纪实散文。"我"经历外婆、父亲、妻子的去世，独自抚养女儿，辞职后开始跑步、写作，重新找到生活的方向。死亡带来人际关系重组和个人情感世界重构。"我"看似是给女儿解释什么是死亡，实则是在自我告慰。"我"和女儿常常在沉默中感受彼此的存在。

　　这是李岩岩的第一部个人作品集。我们能从中看到他在写作上的探索。《仲夏》中的双线叙事结构,《高空飞车》中的科幻加推理的创作模式,《那一列开往春天的高铁》中的局部意识流写作,等等,都显示出他旺盛的创作力,以及未来无限的可能。

　　是为序。

周玉娴

著名作家、散文家、编辑

2023 年 9 月 18 日

目录

高空飞车

引　子

没有实物却又看得见打得到的东西，确实是电子球。不需要球、球网、球台等任何实物，只要你家中装有智能家居，再戴上特制的手套或者挥舞像手柄一样的体感器，你就可以和伙伴在家中打网球、棒球、乒乓球或者其他球类运动，不受任何场地限制。你不用担心球会击中电视或飞到柜子顶上，反正它不过是经过鹰眼系统计算，沿着轨道行进的电子虚拟球而已。它有些像元宇宙，但我们又无须戴上 VR（虚拟现实技术）设备。当然，家中如果有独立的运动室，你和伙伴也可以在牵引器的帮助下，戴上 VR 设备，在变幻的场景中大汗淋漓。

牧歌家中有运动室，但她觉得和外甥女练习，用最简单的电子传接球就好。可即便是最简单的电子传接球，牧歌也连续错失了几个，难怪张小笛几次嫌弃她扔球不走心。在又漏接一个球后，牧歌终于若有醒悟，对着空气问了一句："小电，小电，现在几点了？"

"牧小姐你好，现在是晚上7点32分。"

听着智能管家柔和的声音，牧歌忍不住小声嘀咕："都这时候了，怎么刘漾还没到？几年前还可能是堵车，可现在……难道，他不打算来了吗？"

还没等她进一步思索，房间里的光亮微不可见地闪动一下，小电的声音也不请自来："收到一条供电公司通知：2026年6月27日晚7点32分，一辆牌照为苏ALY697的高空飞车，在130米高的虚拟高速脱轨，坠落撞击220千伏的电线，导致贵小区停电。目前，抢修人员已经奔赴现场，修复预计需要20分钟。屋内储能设备已自动切换，按目前供电状态，备用电能预计可使用6小时，抢修完毕后会自动为您充能。给您带来不便……"

其实，后面的内容牧歌都没听见，苏ALY697那不就是刘漾的车吗？

1

电子球确实是一项伟大的技术变革，它让我们足不出户就能健身运动。但这个时代最伟大的变革还是高空飞车。城市越来越发达，交通对城市体验影响就越来越大，地铁的开通也不能完全解决交通阻碍。在城市管理者发愁时，华威主导的5G推广应用，毫秒级低延时为无人驾驶带来广阔空间。在这种情况下，有人提出建设高空飞车——给汽车增设飞行设备，然后在天空中规划几条固定的虚拟行驶轨迹，再依托人工智能，以无人驾驶的方式，确保所有汽车沿虚拟轨道匀速飞行。

这样的好处显而易见，自动驾驶不仅消除了人为事故因素，而且解放了人的双手，让大家在一天的疲劳工作后，不需要再全神贯注地开车，可以轻松地听歌、看电影，大幅度提升了人们的幸福感。但争议也随之而来，人工智能到底可控吗？不能用自己的双手掌控汽车，对很多人来说，还是会感到莫名恐慌，牧歌也保持这一观点。怎么起飞，怎么降落，要设置交叉点吗，高空障碍物怎么躲避……一系列问题都需要解决。

困难没有吓倒追梦人。当年先辈在那么艰苦的罗布泊都能引爆原子弹，我们现在难道建不成飞车？在一批业界泰山北斗的带领下，飞车研制轰轰烈烈地开始了。在来自各方的帮助下，大家齐心协力攻克了一个又一个难题。甚至连黑客 L 都慕名而至，他通过各种远程入侵，检测出许多潜在的程序错误，不留痕迹地告诉了研发人员。他的帮助极大地压缩了研制进程。就这样，高空飞车横空出世，给人们的生活带来翻天覆地的变化。牧歌原本一个多小时的上班路，现在缩短到 10 分钟，而她对自动驾驶的恐惧，也在享受早上多睡一小时的便利后日益衰减，最后彻底消失。

可现在，飞车怎么出事了？牧歌的心瞬间慌了。她愣了三秒钟，手足无措，眼泪夺眶而出，弄花了精致的妆容。眼看牧歌就要坐在地上号啕大哭，只有 8 岁的张小笛倒是先反应了过来。她立刻叫起了智能管家："小电，小电，快，帮我连线 120 平台。"

是的，连小孩子都知道有问题找智能管家，可见智能管家已经渗透到每个人的生活里。你不需要动手，只需要动动嘴，智能管家就能帮你开关电视、空调、窗帘，播放歌曲，调控灯光，放热水，召唤高空飞车……凡是你能想到的一切，智能管家都能帮你做到。在智能管家的连线下，甜美的客服女声已经响起："您好，这里是120平台，请问有什么可以帮您？"

牧歌这时也回过神，用含混不清的语言，焦急地询问："你好，我是牧歌，是刘漾的朋友，就是刚刚脱轨的飞车苏ALY697的车主刘漾，我想请问，刘漾现在情况如何？"

感受到牧歌的焦急，客服用舒适的声音，答复了她："刘漾是吗？牧小姐，你不用慌张。刘漾先生的飞车出事故后，飞车的泛在物联讯息已第一时间传出。目前，距刘漾先生最近的雨花综合医院已经派出了救护飞车前往救援。为加快进度，相关部门已经为救护飞车开启了紧急虚拟通道，确保飞车能够第一时间到达。而且，飞车撞击后，安全气囊立马发挥了作用，紧急制动系统也随之启动，所以飞车没有坠落地面，而是在空中悬停。"

客服的答复带给了牧歌一丝安慰，如果已经悬停，那至少不会有生命危险，不然的话，要是坠落地面起火，那后果不堪设想。但牧歌仅仅开心了十几秒钟。随后，她的大脑又不受控制地担心起来——刘漾伤得到底重不重？要不要动手术？会断胳膊少腿吗？会瘫痪吗？不会变成植物人了吧？牧歌再也坐不住了，她随便换了身衣服，带着张小笛坐上飞车，并发出指令："去雨花综合医院，立刻，马上！"

坐上车后，牧歌才想起已经花掉的妆容，打开化妆镜简单地补了补妆。她还是想不明白，从没出过事故的飞车，是怎么脱轨的呢？

2

“你再晚来一会儿，别说吃饭了，电影都开场了。”牧歌的姐姐，牧笛正噘着小嘴抱怨。站在她对面的则是唯唯诺诺的张春年。高空飞车的研制取得了巨大成功，除了找不到的黑客L，所有研制人员基本上都论功行赏。三十几岁的金陵供电公司互联网专家张春年也因此被提拔为金陵供电公司科技互联网副主任。两年后，由于原主任调整到信通公司，张春年又顺理成章地主持了科网部工作。工作上虽然是春风得意，但面对牧笛，张春年只有满腹歉意。这不，结婚纪念日的晚餐，他又因为加班没赶上。

“喏，给你买的飞饼。”牧笛说归说，还是递给了张春年一张飞饼。

张春年接过飞饼，边吃边说：“还是老婆大人心疼我。这不是有紧急任务吗？不然我肯定不会迟到。”

牧笛忍不住白了他一眼：“你少骗我。紧急任务，紧急任务，你哪天不是紧急任务。忙完这阵子，忙完这阵子，你就永远忙不完。”

张春年嘴角抽动一下，想想好像还真是这样。他说：“是是是，都是我的错。张小笛被送到牧歌那儿去啦？我还有点想小笛呢。”

牧笛不依不饶地说：“这不就想趁周末，过个二人世界嘛。你倒好，给我迟到。还有，我们不应该看一个爱情电影吗？你居然要看《105 年历程》！"

张春年哈哈大笑："对你来说，看什么电影重要吗？最重要的不就是和我一起看吗？"话音未落，手腕上硬币样的智能终端震动起来。张春年食指对准"硬币"一点，眼前瞬间弹出电脑显示屏一样的虚拟幕布，i 国网的 APP（应用软件）正在幕布上闪烁不停。张春年在空气中点开 APP，一个应急值班人员的头像瞬间浮现："张主任，突发紧急情况，有一辆飞车脱轨了，现在罗总组织开会，计划 8 点开始，为保密起见，本次会议原则为现场会，如身边有隔音罩，也可以远程连接。"

张春年看了身边的牧笛一眼，只见她眼巴巴地看着自己，满脸都是"不要去"的表情。他犹豫了一下，还是在确定参会的地方，用手指点了一下，然后回收了虚拟幕布。

"你说好今天晚上陪我的，你请假吧，请假吧！"牧笛虽然今年都 30 多岁了，可是一和张春年在一起，她就瞬间变得像个小女孩一样爱撒娇。

"真的对不起，飞车脱轨，这是大事。你想想，这多可怕，有一就有二，万一下次还出事，出事的还是我们的亲人，那怎么办？这电影你先自己看吧。如果来得及，我说不定还能陪你看下半场呢。"张春年说完就匆匆走了，留下牧笛原地跺脚。

张春年赶到会议室时已接近 8 点，不少人已经到了。会议室里大家交头接耳，所有人都议论纷纷，对飞车脱轨感到震惊和意外。相比起来，组织开会的金陵供电公司生产副总罗瑞相对淡定，他下颔微收，算是冲张春年点了一下头，说："张主任也来了啊，现在就差安监部主任贺万三没到了，等他到了，我们就开会。"

"我到了，我到了！"一阵响亮的声音从门外传来，随后大家看到一个红着脸的中年男人闯进门。男人个子高大，身材健硕，眉眼很硬朗，看着很有美剧大片中硬汉的感觉。张春年知道，这个男人虽然长相老派，也在国企摸爬滚打多年，但个性中还是有率性搞笑的一面。果然，男人坐下后抬手看了看手表："刚好8点，还好，还好，应该不算迟到吧？"

"这怎么能不算迟到呢？你不应该提前5分钟到会场吗？这不是我们开会不成文的规定吗？"张春年内心嘀咕，但一句话也没有说。这时候能说话的当然只有罗瑞："呦，看这脸色，贺万三同志晚上小酌了一杯啊？"

大家向贺万三望去，发现他脸都被说红了。当然，也可能是喝酒的缘故。有了自动驾驶，酒驾的危险就消失了，但大家的习惯依然是喝酒不开车，开车不喝酒。感受到大家的目光充满了戏谑，贺万三连忙解释："家里来了亲戚，迫不得已，迫不得已。"

"不用慌，周六晚上喝酒也没什么，反正又不是工作日。"罗瑞宽慰了贺万三一句，又开门见山地通报情况："大家也都知道了，刚刚有一辆飞车脱轨。据我们掌握的消息，这个事件初步定性为安全生产事故。大家可要打起精神，认真分析。毕竟，安全是第一位的。一旦安全守不住，飞车再好也不能用。那么，谁先说说？"

毕竟曾经是军人出身，罗瑞的讲话掷地有声。不知道大家是被罗瑞的军人气息震慑，还是出于对其身份的尊敬，所有人都看着罗瑞，一脸认真地点头附和。这种整齐划一带来一瞬间的寂静，让会场气氛变得有些紧张。作为研制飞车的功臣，张春年不得不站出来，说："软件系统和硬件处理器都不太可能出问题。毕竟，系统是和华威合作研发的，安全性毋庸置疑。处理器采用了神威·星空之光第四代量子计算器，计算能力也不会有错。我在想，系统指令有没有什么……差错？"

张春年虽然在结尾处停顿又降调，但还是引起了调度主任王颖光的反对。他扶了扶眼镜，对张春年一字一顿地说："我查过飞车运行系统，今天，系统与事故车之间所有调度指令均发送无误。同时，事故车与系统的泛在物联也始终畅通。换句话说，我们调度系统是不可能出问题的。而且，我们依托最新算法模型、传感器更新、运行历史等数据，对飞车运行进行了数字孪生，发现系统运行一切正常。"

王颖光一贯严谨仔细，他的发言一定程度上具有一定的权威性。张春年也相信，既然王颖光如此说，那调度系统自然是不会有问题的。他看向四周，运检部主任胡大林和信通公司主任张军，也从车辆自身系统、信息干扰等角度，各自简要地汇报了情况，侧面印证了王颖光发言的准确性。于是，所有人目光都看向贺万三，毕竟安全生产事故调查一般由他负责。感受到大家的注视，贺万三忍不住抱怨："系统没问题，算法没问题，过程控制没问题，看样子这倒霉的锅又要我背了。你们说，这几乎没有任何收益的飞车项目，为什么咱们要揽下来呢？"

贺万三一席话让紧张的气氛有些缓和，但也引起了罗瑞的批评："好啦，贺主任，你就不要抱怨了。首先，为了响应政策，飞车作为电动车自然是要发展的。其次，电动车使用的通道、终端都是我们提供，这算是能源互联网业务。我们要建设具有中国特色国际领先的能源互联网企业，少不了要用好清洁能源。咱们是央企，担负'三大责任'，可不能万事都向钱看啊。同志们，我提议，立即成立事故调查组，组长贺万三，副组长张春年。其他与会同志，一律纳入调查组。三天，三天之内，务必要查明事故真相！"

3

张春年和贺万三站在金陵供电公司 2 号检修平台前，反复端详事故车辆，百思不得其解。如果系统也没有问题，车辆也没有问题，事故又怎么会发生呢？难道存在有我们目前没思考到的系统漏洞？

"贺主任，张主任，公安那边传过来了车主的情况，你们要不要看一下？"技术员的话惊醒了沉思的张春年和贺万三。贺万三想都没想就拒绝："这有什么好看的。了解不了解都无所谓。反正飞车都是自动驾驶，而且有智能抵御系统，所以哪怕是司机想搞事情，都没有办法在虚拟轨道上……"

张春年是个细心的人，哪怕是一点细小的环节，他都不肯放过。他连忙用胳膊撞了贺万三的胳膊两下，暗示贺万三不要再继续发表自以为是的言论。贺万三讪讪地笑了一下，说："算了，还是把信息给我们看看吧。"张春年苦笑一声，接过数据，立刻傻眼了：事故车主竟然是刘漾，牧歌的男朋友。那牧歌得多难过啊！

"目前，刘漾暂时昏迷，所以无法从他口中得到任何消息，但是已经对他进行了化验，确认他开车的时候没有饮酒，没有吸食毒品。"技术员还在尽职尽责地汇报每一个细节。

"现在都什么年代了，还查酒驾和毒驾。现在驾驶员一坐上驾驶座，飞车就自动检测状态，不可能让这些人有手动驾驶的机会。"调查组成员马明宇嘟囔了几句。

"好了，好了，抱怨的话少说两句。任何线索都不要放弃，说不定就能发现问题。"张春年心想，这又是一个贺万三。他拍了拍马明宇的肩膀，接着问："我们再想想，还有哪里可能有问题。这辆车是不是确定没问题？"

马明宇回答："这辆车除了有些变形之外，没有任何问题，系统运行非常正常，哪怕是现在上路也不可能出事故。"

张春年内心非常奇怪，驾驶员神志清醒，汽车完好，调度指令正常，到底怎么回事呢？

"向你致敬，向你致敬，向你致敬——"黑猫警长的音乐陡然响起。所有人都看向了声音的来源——贺万三的手机。想不到早已过了不惑之年的贺万三，居然使用这么儿童化的手机铃声。感受到众人的目光，贺万三有点尴尬："怀旧，怀旧，年纪大了怀旧。"他红着脸开了免提："怎么回事？"

"贺主任，重大发现。我们发现刘漾今天晚上 6 点 50 就出门了，但是到事故发生前，他一直在路上。"

"这算什么发现？不对，怎么可能呢？就算绕遍金陵城也不需要这么长时间啊？"

"他一直在虚拟轨道上转圈！"

事出反常必有蹊跷，就算是兜风，这时间也有点太长了。空气突然安静，所有人都默默消化这条消息背后的含义。最终，还是张春年打破沉默："我们采用排除法来分析吧，三种可能，第一种，车辆在进入虚拟轨道时有问题。好吧，不用你们说我都可以排除，有问题的车辆根本无法通过监测点。那么就是第二种，黑客入侵了我们的调度终端，通过终端给刘漾的车辆发送了错误的指令。"

这种可能很快被大家否决，调度系统毕竟经过黑客 L 反复锤炼，现在 L 自己都入侵不了这个终端。张春年笑着说："我也觉得不可能。那就是第三种，终端失去了对车辆的控制。这又分为两种可能，第一是通过某种干扰使飞车和终端失去联系，第二是有人绕过了调度终端，直接取得了车辆的控制权。第一种可能可以排除，除非发生大规模战争，出现极强有力的电磁攻击，不然没办法干扰我们的信号。事实上，北斗系统一直能够捕捉这辆飞车的信息，也印证了这一点。"等大家思考了一会儿后，张春年接着说："那么，就剩下唯一的可能，那就是有人神不知鬼不觉地取得这辆车的控制权。虽然很不可思议，但如果这是唯一的可能，那就是答案了。"

张春年的说法瞬间引起了大家的恐慌。如果可以这样精准或者不精准地劫持某辆飞车的驾驶权，那么飞车还有什么安全性可言呢？贺万三喃喃道："完了，完了。"他赶紧连线公安局调查组马志刚："马队长，我有紧急情况汇报，飞车事件有可能是仇杀，调查方向我建议围绕刘漾展开……"

4

刘漾应该想不到他会引起这么大的轰动，至少在几个小时前他想不到。他刚回到家，智能管家就热情地问候："刘先生，欢迎您回来！"

"小电，小电，现在几点了？"

"刘先生，您好，现在是下午6点35分。"

都6点半了，真是不让人省心的周六。连日加班熬夜的疲惫一下子席卷了刘漾。他很想上床睡会儿，睡到明天天亮最好。可他现在还没有办法休息，毕竟是什么"邂逅一周年"纪念日，牧歌还约了他晚上一起吃饭。一想到这儿，刘漾满是倦意，他在沙发上躺了一分钟，说："小电，小电，帮我调好热水，我要冲个澡，水停后让飞车到门口等我，出发去颐和公馆。"

冲澡后，刘漾换了一身便装，坐进飞车。最近的公路与飞车换乘点是500米外雨润大街2号换乘点。飞车管家尽职地提醒："即时消息，2号换乘点车辆排队缓行，从1公里外的3号换乘点出发，总体时间可缩短1分钟，请问从哪个换乘点上高空跑道？"

"3号换乘点吧。"指示完飞车管家后，刘漾不由得感慨，现在公路基本都是起换乘作用，就连房价高低都取决于周围换乘点的多少，换作以前谁能想象得到。

3号换乘点门口也有十几辆车，不过很快被4个进口"消化"掉了，刘漾的车子很快到达A进口监测点。悦耳的机器女声响起："您好，这里是雨润大街3号换乘点监测点。您的车辆一切正常，给您安排的是160米层虚拟高速，时速固定为220公里每小时，最小车距会自动控制在 500 米，请享受您的旅途。"

通过监测点后，飞车模式开启。飞车两侧弹出两个小风机，在气流带动下缓慢转动，开始为飞车充电。感受着飞车步步腾空，刘漾把座椅放倒，舒适地躺了起来。可能是比较劳累，刘漾一下子睡着了。

再醒来已是早上。刘漾环顾四周，自己原来是在一个酒店里。宽敞的房间，红木的家具和隔断，视野良好的落地窗，一切都昭示着酒店的质感。我怎么就住到了酒店里？刘漾一时之间怎么也想不明白。算了，想不明白就不想了。难得起这么早，下去吃个早饭吧。刘漾很快行动起来，熟门熟路地来到 11 楼的早餐厅。这里已经有很多人，中间不乏一些熟悉的面孔。对了，这不都是以前从事软件开发时候的同事吗？难道，他们这次交流会议在这个酒店？那，彭馨也会来吗？刘漾一边这么想着，一边搜寻着吃早餐的人。可看遍了会场，似乎也没有彭馨。看样子，彭馨没有来参加这次会议。刘漾不免有些失望。他转念一想，会不会是因为太早了，她还没下来吃早饭呢？

"不可以吗？"熟悉的吴侬软语在耳边响起，彭馨的口头禅！刘漾激动而不安地回头，确实是个巧笑嫣然的女子，但不是彭馨。就在无比失落又莫名松了一口气之时，刘漾听到了突兀的声音："刘先生，早餐时间结束了。"这是谁的声音？早餐时间结束了？明明还很早啊？

"刘先生，我们到站了。"在飞车管家反复提醒中，刘漾迷糊地意识到，原来自己做了个梦。睁开眼睛一看，已经到了高空服务区。看样子自己已经睡了好久，不然飞车不会开到高空服务区。

一般来说，城内的飞车路途短暂，一般10分钟内都能到达。所以，只有虚拟路径终点才设置高空服务区，当监测到车主陷入沉睡，飞车管家才会把车开进这里。

刘漾还是有些恍然。虽然已经和彭馨分手两年，也为了防止触景生情而换了职业，但自己还是忘不了彭馨啊。就算是现在，他有时候还是难以置信：这个曾以为会共度余生的女孩，真的从自己生命里消失了吗？不，理论上并没有。至少，她还活在记忆中。他时常能想起彭馨，她还是那个样子，有秀气的五官、纤细的腰。也许是因为爱看书而有底蕴的缘故，看起来文静的她，内心却有些调皮和古灵精怪。每次走近她，他都会发现这种诱惑的魅力，特别是当她梨涡浅笑，闪动那会说话的大眼睛时，他总会想要和她亲近。

5

刘漾绝想不到，此刻，彭馨也正看着眼前的书发呆。刚刚，同事和彭馨的电话里提到了林志炫的歌。彭馨想起来，刘漾也特别喜欢林志炫的歌，还曾和她去歌厅唱歌时，几次唱起林志炫的《单身情歌》和《没离开过》。好久没有想起刘漾了呀！彭馨不由得感慨了一句，然后又想起三年前那次软件交流会。那时候，看起来平凡无奇的刘漾，三下五除二解决了彭馨的难题。她当时对刘漾就有了好感。这是一个大神，她想着。

能成为朋友是个偶然，谁也想不到她在金陵出差时，居然和刘漾在人海巧遇。刘漾热情地寒暄，约好有空一起吃饭。她笑着应允，却没有在意，毕竟生活中听多了"有空请你吃饭"之类的话语，知道这些"有空"基本永远不会来。可没想到刘漾是认真的，架不住微信上三番五次的热情邀请，她还是决定抽空赴约。可好事多磨，她临时有应酬，只能饭后看电影。可能是之前喝了一些酒，那个晚上回忆起来格外舒适。电影内容已记不得，但她应该笑了很多。可能自己有时候就是会没心没肺，不像一个淑女？不知道。知道的是，面对这个"不会玩"的男孩，她确实放下了戒备，乐意和他说东说西。

电影散场在晚上11点。虽然有些晚，但是换做别的男人，也许还会发出去酒吧坐坐之类的提议。可面前的这个男孩，却主动提出送自己回酒店。不知道他会不会后悔做出这个决定，送人的旅途几年前也许还算漫长，可有了高空飞车后，5分钟就能到达目的地。看着刘漾纠结的表情，她差点就要脱口而出："要不上来坐坐吧。"幸好最后她还是把这话摁住了，毕竟对于成年人来说，这句话太过暧昧。但她仍然留下一个尾巴："到家后记得报一声平安。"

"嗯，我会说的，那么，我走了。"刘漾一边说着，一边一步三回头，逗得彭馨忍不住哈哈大笑，她不禁猜想：这个可爱的男孩不会对自己有好感吧？当然，这个念头一瞬间就被她抛到了脑后，自己都30岁了，怎么还像18岁一样青春萌动。嗯，是酒精的原因，对，是酒精。

她没想到，她留下的尾巴发挥了大作用。寻常的客套不知道为什么转为了长谈。那么多的共同话题，还有那两颗心之间未知的世界，让他们忘了夜深，永远聊不完。

6

牧歌有时候有这么一种感觉，虽然飞车让大千世界距离变近了，可人与人之间的距离一点也没有变近。明明长途旅行都变得简便易行，可走亲访友的频率似乎没有任何增加。

对，除了姐姐自己一无所有——直到刘漾闯入了自己的生活。尽管在见到刘漾之前，牧歌已经完全记不得自己还有这么一个同学。说起来，刘漾上学时候的成绩很好，可长相平平的他，在青春荷尔蒙横行的中学里，完全没有任何吸引力。所以，当他们两个人无意间邂逅，自己没认出他也一点不奇怪。不过，如果换一个人，看到对方像是认识自己的样子，总会装作记得对方吧，像自己这样坦然地问"你是谁"的人，应该也是少数吧……

但是真的很奇妙，世界上应该有一种叫缘分的东西，是它让自己和刘漾不断地相遇，慢慢地熟稔起来，以至于仅仅几个月后，牧歌觉得自己好像已经和他熟识了几个世纪。难道真的就像大家所说，人就是一种很快熟识，又很快遗忘的动物？想到这里，牧歌莫名地感到悲伤。

牧歌看着沉睡中的刘漾，又有一丝温暖。来来往往那么多人，并不是每个人都相处得很愉快，很多人依然是生命里的匆匆过客。这么说来，刘漾还是有那么一些不一样。在这个纷繁世界，他依然真诚、善良、友爱，让人觉得特别安心，所以牧歌愿意和他走近。吃饭也好，看电影、唱歌也好，都是从未有过的放松、舒适和温暖。

"从检查情况来看，刘先生应该没有什么大碍。"

"那他为什么一直昏迷？"

"可能是自我保护的应激反应，他潜意识里还不想苏醒。"

还不想苏醒。还不想苏醒！突然之间，很多忽略的事情从大脑中放电影般掠过。是的，自己忘记了，初识刘漾时他其实潜藏着一丝忧伤，也是这丝忧伤吸引了自己——他是个有故事的男孩。然而，自己渐渐地就被他的阳光温暖了，忘记了他也受过伤。不，不是自己忘记了。其实自己早就隐隐约约地发现了，却一直不愿意承认吧。因为自己没能温暖他，所以觉得他不需要温暖吧。牧歌感到无比懊恼，眼泪又忍不住地流下来。

突然，一个人旋风般冲进了病房："小歌，你没事吧？"

牧歌转头一看，原来是姐姐。"姐姐……"牧歌话没说完，就扑进了牧笛的怀抱，"怎么会这样？"

"我们也想知道怎么会这样，所以有件事得你帮忙。"张春年的声音也缓缓传来。

"姐夫也来了啊，"牧歌擦了擦眼泪，"要我帮什么忙？"

"我怀疑，控制飞车的人就是刘漾自己，毕竟他自己抢夺车辆控制权是最容易的。我听说，他之前是搞软件开发的。所以，我在想他有多高的水平。方便的话，让我去他家里看看吧。他目前不是罪犯，警察没有权利去搜查。"张春年说道。

"你怀疑他是自杀？"牧歌疑惑地问。

"有这种考虑。这样吧，告诉我他家的地址，我去看看。你在这里多陪陪刘漾。我刚问过医生，他随时可能醒来，也有可能醒不过来，关键在于病人的求生欲望。我想，这时候你应该给他关怀。"张春年犹豫一下后又补充道："我一直觉得，最温暖的不是科技，是人心。"

7

"你知道吗，我从死党那儿收到一堆生日礼物，超开心。虽然有本书太重了，但是还是超开心，她还是蛮了解我的。"

"我也给你准备了礼物，是我研究了很久的成果。"

"什么礼物？你送我什么礼物我都很开心。"

"我研究了一种木马病毒，可以让高空飞车离开虚拟跑道。"

"……"

"这是高空飞车唯一的漏洞哦，独一无二。"

"……你想死别带着我！开发公司为什么要设置轨道，就是为了保证安全。你以为这样很浪漫？这样会出事的！"

刘漾以前就发现了，彭馨对陌生人一般都很客气，可是对亲近的人反而会发脾气。不过说这么重的话是第一次。"好了好了，最近你总是怪我。"

"你这是埋怨我怪你？"

"以前你总怪我黏人，可是一个月没怎么和你联系了，你怎么还是生气。这样好了，我以后不再主动联系你了，你想我的时候再找我吧。"刘漾想，拉开两个人之间的距离会不会好一点，也许会再回到最甜蜜的从前。可彭馨说出了他永远想不到的话："不用了，我们结束吧。"

"不是，我说这话的意思不是要分手啊。"

"不想说什么借口或理由，你可以认为是我的错。不管怎么样，听我一回，别再自以为是了，赶紧放弃这个离开轨道的想法。"

回想到这里，刘漾突然醒悟，欢乐已经从自己身上走了太久太久。同样是"不可以吗"，彭馨最初说的时候，总是含着娇羞："我想你了呀，不可以吗？"但到后来，她的语气里总是充斥了不耐烦："我今晚要出去吃饭。怎么了，不可以吗？""嗨，当然可以啊。所以，我做什么也都是可以的呀。要我'听你一回'？对不起，我就是不听。"刘漾叹了一口气，心里这样想着。然后，他将随身携带的 U 盘插入了车载 USB 接口。一系列熟悉的声音传来："进入循环控制模式，启动虚拟键盘……"

很快，刘漾听到了不知何处传来的惊呼声，随后他就听到撞击的巨响，紧接着感受到自己的大脑撞上了方向盘，此后就再也没有了意识。

8

张春年戴上智能眼镜和隔音罩后，开始连接远程视频系统。

"张先生，你的设备检测正常，目前已接入会议，请保持设备稳定，如果系统检测设备位置发生变化造成泄密可能，会自动断开连接。"会议系统提醒着。张春年心里暗自说了一声知道了，然后静静地想着事情。突然，系统"嘀嘀"的报警声响起，提醒张春年所有预设人员都已经加入了会议。张春年整理了一下思绪，面对各部门精英抛出重磅炸弹——刘漾就是黑客 L。

"什么，他是黑客 L？"

"这怎么可能？"

惊人的消息面前，大家被炸得仿佛要跳起来，他们无论如何也不能相信这样一个大名鼎鼎的黑客居然就潜伏在自己身边。

"是吧，起初我也不敢相信。如果不是有这么一个意外，专门去调查他个人情况，他估计会带着这个秘密去见马克思吧。"看着大家震惊的面孔，张春年补充道。

"为什么他不用真实身份解决问题呢？肯定可以升职加薪啊！"胡大林也震惊不已。

"也许，这个世界上有一种人有佐罗情结吧，他们不喜欢曝光在聚光灯下，只想偶尔当当英雄。谁知道呢？"罗瑞说道，"现在基本可以断定了，这起事故的罪魁祸首就是刘漾了，他的自杀行为造成了群众恐慌。

"可是，我们没有确凿的证据吧？"回过神儿来的王颖光问道。

"是的，为了保护个人隐私，飞车管家是不会记录个人对白的。所以，实际上的物证并没有。"停顿了一下，张春年补充道："但就在刚刚，我们国家研制出了世界上最先进的测谎仪，只要刘漾苏醒过来，公安机关立刻可以传唤他，并通过测谎仪判断他语言的真假。"

"换句话说，只要刘漾醒来，他就将被逮捕，而罪名就是危害公共安全和破坏电力设施，是这样吧？"法律事务专职马菲菲问道。

"差不多吧，具体要看检察院的公诉和法院的判决。"张春年似乎有些疲惫。

"太好了！"一向疾恶如仇的王颖光拍起手来，"下面就让刘漾期待他自己不要苏醒吧。不然，等待他的是法律的严惩！"

罗瑞却在沉思几秒后说："刘漾作为黑客实际上没有做过一件恶事，而且他一直无私地帮助我们。就单就飞车脱轨这事来说，其实那一刻刘漾一定很绝望吧，不然怎么会选择死亡。不过，刚刚说的只是我的个人感受，刘漾的事情还是交给司法部门来解决吧。我相信，他们会给出一个公正判决。"

"我想插句话。"张春年接着说，"如果，法院能判他无罪，我举贤不避亲，想吸纳他加入到我的部门，毕竟他是我们现在急缺的互联网人才。"

罗瑞说："这点我赞同，党委联系服务专家历来是我们的传统，我觉得结果不论如何，只要人品过硬，我们都可以不拘一格降人才。"

昏迷中的刘漾并不知道会场上的情况。他只是觉得，只要活着，悲伤就会逐渐堆积。总觉得还差点什么。总觉得和牧歌之间还差点什么。刘漾想起来曾经最喜欢的动漫《秒速五厘米》，远野贵树和水野理纱也是如此。即使在一起，心也无法靠得更近，也就是陷入了所谓的假性亲密关系。

假性亲密关系并不意味着爱是假的，而是彼此间差点东西。到底差点什么呢？是什么，让自己不能从她身上感受到快乐呢？真的是"筱原明里"的存在吗？虽然，彭馨确实让人无法忘怀，但横亘于牧歌和自己之间的一定是别的东西，自己还没意识到的更重要的东西。到底是什么东西呢？

突然间，天空下起了淅淅沥沥的小雨。隐隐约约，似乎还传来女孩子抽泣的声音。原来，那不是下雨，是牧歌的眼泪滴到了自己胸膛，浸入到自己心里。这时候，嘴唇上传来柔软的感觉，那是牧歌温柔的亲吻。牧歌在亲吻昏迷的自己，也许是想唤醒自己。纵然自己没有任何回应，她也始终在尝试着唤醒自己！

这一刻，刘漾突然觉得豁然开朗，自己和牧歌之间缺乏的是心的共鸣和燃烧，而那是彭馨曾带给自己的东西。当内心不自觉地对比后，就会潜意识觉得牧歌没有那么喜欢自己。但此刻，刘漾明白了他的心无法燃烧的原因。他们之间没有"此时此地"的坦诚，没有做到毫无保留地投入自己。牧歌之前没有，自己同样没有。

可是，现在牧歌做到了，他能感受到牧歌唤醒自己的努力，能感受到她纯粹的全心全意。心里的保护墙瞬间倒塌，温暖从四面八方包围了他，人间还值得！下一秒，他紧紧抱住了牧歌，在她还没搞清发生了什么的时候，刘漾深深地吻了下去——不论结果如何，我都要毫无保留地投入自己，这才是对恋爱最起码的尊重，也是一个男人最基本的义务。也唯有这样，才不会后悔，不会遗憾！

不知道吻了多久，回过神来的牧歌才娇羞地挣扎道："这里是医院，你干什么啊？"可刘漾却还是紧紧地抱着她，让她分毫也无法挣脱。第一次感受到刘漾的热情，牧歌在羞涩中尝到了幸福的滋味，也热切地回吻起来，他们的心第一次真正地燃烧着。

甜美时刻，却传来了不和谐的声音："不好意思，打扰你们恩爱了。我是公安局的马志刚，这位是供电公司贺万三贺主任。刘先生您一苏醒，我们就飞车前来，你涉嫌危害公共安全和破坏电力设施，现在被我们刑事拘留，这是拘留证，请核对一下。我想，拘留通知书是不是可以顺便给这位女士了？"

尾声 1

"各位观众，大家倍加关注的刘漾案今天要依法公开审理，我们也是赶到了现场，现在距离开庭还有 15 分钟，我们再来回顾一下案情……"

新街口大屏幕上，记者慷慨激昂的解说很快吸引了观众的注意。"案发后，公众对这个案子也是开展了广泛的讨论，对于怎么判决也是众说纷纭。起初，从严从重的论调甚嚣尘上。但后来牧歌女士站了出来，在各大媒体面前，讲述了她心中的刘漾先生，博得了大众同情。再加上"大 V"廖原先生不遗余力地推波助澜，现在认为刘漾先生应该无罪释放的意见成为舆论主流。我想，这个判决会考虑舆论的看法。但是，具体怎么判决，我们还是拭目以待。"

两百公里外的苏州，彭馨也在家中收看直播。"……无罪，法院宣判了无罪。廖原先生的说法得到了验证！刘漾先生在案件发生前，处于重度抑郁症状态，甚至做出自杀的举动，说明他的精神已经有了问题。法院根据其患精神疾病的特殊情况，做出了无罪判决。"看到这个判决，彭馨也放松起来。

"怎么样，放心了吧？我早说过，他无罪的可能性很大。"廖原一边说着，一边从背后抱住了彭馨，"对这个前男友还这么上心啊！”

彭馨回过头，用手抚摸着廖原的脸庞："还吃上醋啦？我们都在一起一年了，你还不知道我啊。虽然以前很多回忆都很甜美，也许可能终生难忘，但人真的是很奇妙，尽管当初爱得要死要活，可是不爱了就是不爱了。"

廖原敏锐地注意到，彭馨说话的时候闪过一丝不易察觉的悲伤，他转过头轻轻地吻住了她："又感慨人性了啊，没什么感伤的。走吧，我们去挑婚纱吧。"

尾声2

"小牧牧，小可爱，两个好消息，先听哪个？"

"爱说不说。"

"……"刘漾语塞了半天，讪讪地说，"第一个，你姐夫转正了，现在是正经的科网部主任了。第二个，在罗总的关心下我成为积极分子了，我的人生又有了阳光。我要撸起袖子加油干，为国家建设做贡献！你在干吗？在我这么认真地诉说初心使命的时候，你居然在看电视，这可对肚子里的宝宝不好。"

"你少骗我，你以为我不知道家里买的是无辐射电视。而且，我得更正一下，我看的这是新闻好吧，我得从小培养孩子的家国情怀。而且，前几天不还说我是你的阳光吗，看样子你不爱我了。"

"……"

电视里继续传来播音员标准的普通话："经过不懈努力，190

米层虚拟跑道已经开通……插播一条消息，在我市居民刘漾先生的协助下，控制单体飞车的程序漏洞已修复，刘漾先生已被提名为今年国家最高科学技术奖候选人……"

波　澜

1

　　妻子冷不丁地提问时，我刚进病房。我直愣愣地看着妻子，心中的湖泊好像被丢进一块大石头，震荡不安，一层层波澜向四处扩散。我完全想不到妻子会问这个问题。认识十年，我早已习惯她大声斥责女儿看电视太久，也早已习惯她埋怨我不看着女儿写作业。不需要什么专家或者协会认证，我足以确定，我不过是凝固在外、看似坚强的混凝土，妻子才是这个家永远折不断的钢筋。可此时此刻，我确认我没有听错。妻子确实问出了那句"我会死吗？"，原来钢筋也会变得柔弱。

　　我走到病床边，放下保温盒，在凳子上坐下，拉过妻子的手。冰凉，没有一丝温度。我心底蓦然流过一阵柔软。无论我几点上床，无论妻子是否睡熟，她都会下意识地在我上床的一瞬间向我靠拢。妻子终究是个女人，敏感、脆弱的天性在她身上依然存在，只是被一层薄薄的要强遮掩，迷惑了我的眼睛。

我的双手在妻子手背上摩挲，尝试把温暖传递给她。徒劳无功，妻子依旧全身紧绷，几缕忧愁在眉间若隐若现，顺着微不可见的皱纹四处逃散。原来妻子对死亡如此担忧，一个小小的宫腔镜手术就足以摧毁她的伪装。我不由得闪过一丝自责，我对妻子了解太少了。

"我真的不会死吗？"妻子再一次请求我的确认。

"不会。"我斩钉截铁，"你是护士，你知道的，很多医院门诊就可以摘除子宫内膜息肉，宫腔镜手术简直不能称为一个手术。"

尽管我这么说，妻子似乎并没有得到太多安慰，她抬头看我，眼睛里充满令我心颤的闪烁。这闪烁让我想到父亲，他们的眼神太像了。我父亲是十里八乡唯一一个一直把"怕死"挂在嘴边的人。他最大的忌讳就是讨论生死。这种忌讳甚至发展到拒谈历史的程度，他不肯承认唐宋元明清的存在，也不肯承认《物种起源》里的进化论。我知道父亲的逻辑：如果"历史"存在，那他也可能成为历史。

父亲当然不是历史。他贯穿于我的生命，是我不折不扣的"现实"。小学起，我几乎是父亲一个人拉扯大的。母亲隔三岔五就会和父亲大吵一架，然后气鼓鼓地回娘家，留下我和父亲相依为命。父亲成了我的大树。大树有许多未解之谜。我觉得最大的谜，大概就是父亲的夜半惊叫。自小学四年级开始，我常在夜深时分被父亲凄冷的"啊"声惊醒。我几次问他发生了什么，父亲总是不回答我，只是大汗淋漓地愣着，像一个没有生命的雕塑。很长一段时间里，我都万分疑惑。我甚至买过《十万个为什么》，想在书中找到答案。那当然是竹篮打水一场空。父亲为什么会大喊，我青少年时期始终对此百思不得其解。

父亲终究成为了历史，事情发生在我考上大学的那年。事发突然，我没来得及见父亲最后一面。从此，我也继承了父亲怕死的"遗产"。我时不时会在半睡半醒之际意识到，每个人都是要死的。那以后，我体会到一种在死胡同行走，不知道什么时候会撞墙但一定会撞墙的绝望，死亡恰似一个来无影去无踪的幽魂，它总是在凌晨这个我意志最薄弱的时刻袭来，直戳我灵魂最深处的痛点，迫使我也"啊"地叫出声，将熟睡中的、无辜的、可怜的妻子惊醒。

护士推车走来。妻子乖乖地躺上车，身体仍然保持紧绷。我一手搭在车边，一手紧握妻子右手。正要扶车前行时，我的手机铃声陡然响起。我用指纹解锁手机，女儿的声音从微信中传来。

"爸爸，你到医院了吗？你今天起得真早，给你点赞！"

"爸爸，你告诉妈妈不要害怕，我给她加油哦！"

我和妻子对视一眼，两个人眉眼都有笑意。女儿虽然才六岁，但已经是个小大人。她总是说出一些超出她现在年龄的话，让人忍俊不禁。妻子手心用力，半真半假地说："要是一会儿手术出了问题，你一定要签字救我。"

我笑了出来："放心吧。我肯定救你。"

"真的吗，你一定要签字救我哦。"

"一定，一定。"我连连点头。

2

葬礼是在上午举行的。

正值全国流感严重时期，丧事从简。上门敬香的不少，下葬时来送葬的没有几个。天下着雨，乡间的土路斑驳又潮湿。我跟着母亲，迷茫地一步一步陷在这生我养我的泥土里。我没有感到过多悲伤。或者说，我没有悲伤。难过、痛苦，一切的情绪我都没有。我只是觉得麻木。我看着眼泪一直在母亲眼眶里打转，不知道自己为什么没有哭。原来我竟这样冷酷。

走出村落，前方路已开阔。两边都是田野，一条灰白的"村村通"在尽头蜿蜒，像极了在房门外逡巡、早已迷路的外婆。外婆患阿尔茨海默病已经很多年了。两年前的春天，外婆已卧床不起。母亲和舅舅不肯放弃，执意要送外婆去医院手术。术后当天还好，外婆还时不时地回过神，与母亲不明不白地交谈。然而，病情在术后第二天突然恶化，从此，外婆再也说不出一句话。起初，我们都还抱有幻想，期待外婆某一天会神奇地康复。但最终，我们在日复一日的等待中陷入了绝望。

我在外婆卧床时看过她几次，外婆已经不认识我了。每次去看她，她不再对我有一丝一毫的情感回应，只是用好奇的眼睛看着我，像一个刚出生的宝宝。我知道，一个曾关爱我、心心念念期待我入党的外婆已经抛弃了我。她不再是我的亲人，不再是任何人的母亲、妻子、奶奶，她只是她自己。这种感觉很可怕，外婆确实还活着，但她又确确实实从我们的生命里消失了，只留下最后一丝念想。

雨一滴一滴地淋在我的脸上，配上早春三月的风，显得更为冰冷。我看着这片荒野，知道那一个个不起眼的坟头里埋的都是亲人，曾经活生生的亲人。他们欢笑，他们悲伤，但最终尘归尘、土归土。我们一路走，一路在松软泥泞的烂泥里磕头，一直走到目的地。舅舅停下来，拿出外婆的骨灰盒，缓缓地捧进早已挖好的坟坑里。我看着舅舅的动作，心脏猛地收缩，一股悲伤像不可遏制的潮水悄然袭来，瞬间流遍全身。那小小的方寸，就是外婆最后的栖息地啊！滚烫的眼泪骤然流出，与冰冷的雨水交织在一起，瞬间模糊了我的眼睛。我知道，我连最后一丝念想也没有了。

有人拍了我的肩膀。我看不清但我知道，是比我大十三岁的舅舅。很多时候，我对舅舅的情感已很疏离。我们两个人像是宇宙中的两颗小行星，随着宇宙扩张而越离越远，远得我们几乎感受不到彼此的张力。他已渐渐成了我生命中割裂的一个个断面，只在过年的时候才和我程式化地连接。但现在，在这冰冷的雨里，在外婆的坟头前，我能感受到亲情的气息。我知道，眼前的这个男人千真万确是我的舅舅，曾把我扛在肩上带我去打麻雀的、疼我爱我的舅舅。我看着舅舅，内心泛起了自责的泡沫。我不知道舅舅是什么时候变老的，不知道是谁这么残忍，把一个拿着气枪的青年变成一个长满皱纹的老人。我似乎还能看见舅舅曾经激情慷慨的样子，但这一切与现在几乎很难重叠。

舅舅耷拉着头，肩膀下垂，整个人呈现出一种向下坠的态势。但他仍努力地绷紧脸上的肌肉，竭力伪装成坚强的样子。他说："不要太难过了，这样也好，对你外婆来说，这也是一种解脱。"我听出舅舅嗓音里的秘密，抿住嘴角，配合地点点头。舅舅沉默了几秒，又沙哑地问了问妻子的情况："晓羽怎么样？我最近忙也没时间去看她。"我说："挺好的，手术很成功，现在在康复。"舅舅张开嘴，似乎还想说什么，母亲却挤进来，像一堵墙隔住了我们。母亲对我说："我不和你一起回去了，我等烧过头七纸再走。"我觉得母亲的行为有些突兀，这些话她完全可以等我走的时候再说。母亲却一脸坦然，自认得体。

舅舅放弃原有的线头，重新找到主线，带着我们与外婆做最后告别。我在潮湿得随时要陷落的土里跪了下来，一遍遍地把头埋进泥土里。一种外婆又重新活过来的错觉，在我一次又一次磕头中变得越发强烈。我记得外婆骑三轮车送我上学，在上坡时喘着粗气。我记得外婆在百货大楼里徘徊半天，最后狠下心，掉头去给我买奶片。这些事情我以为我早已忘了，但它们争先恐后地浮上来，张牙舞爪地告诉我，这一切都还存在。

我闭上眼睛。外婆开心的、生气的、关爱的脸是那么清晰，最后，它们交叠成一个老人，佝偻着腰，拖着腿，一步一步向前走。我喊她，她迟疑地站住，回头冲我笑笑。我继续喊她，她却再也不理会我，径直走向远处一个小黑屋，只留下一个越来越模糊的背影。这模糊的一团背影烫伤我的心脏，痛得我放声大哭。

一阵风吹来，树叶随风响动，沙沙沙的声音像是外婆在说话。

3

女儿一路都在咿咿呀呀地说话。她一会儿说幼儿园里的趣事，一会儿说动画片《小马宝莉》里的剧情。突然，女儿探头看我，说："爸爸，这是你第一次送我上学。"

这当然不是我第一次送她上学。我理直气壮地反驳："谁说的？我都送你上学好几次了。"

女儿还是说："我感觉就是第一次。"

我没再说话。我平时工作忙，送她上学的次数确实屈指可数。我上一次送女儿上学已是很久之前的事了。念及于此，我强烈地感觉自己不是一个合格的父亲。这不是我第一次这么认为。我常在周末加班间隙，站起来走到窗前，看着窗外年年不变的景色想，如果可以选择的话，我一定要把时间腾出来和女儿在一起。

女儿打断我的思考："爸爸，这几天是不是都是你送我上学？"

"是的。外婆要过几天才能回来。"

"是因为太太（方言，指太奶奶）去世了吗？"

我"嗯"了一声，心却陡然收紧。不知道是不是遗传，女儿是怕死的。早在四岁生日那晚，女儿就在睡前问我是不是每个人都会死。我当时已快睡着，大脑处于蒙眬状态，完全没意识到这个问题对一个才四岁的孩子会有多重要。我几乎没有思考就随口答出真相。

听到我的答案，女儿浑身发抖地大哭不止。我这才后知后觉，发现自己犯下了弥天大罪。我抱紧女儿，尝试用各种方式告诉她死亡并不可怕。但是没有用，这些话连我自己都觉得苍白。眼看女儿要晕厥，我只能选择最不想选择的一招。我骗女儿说："你不会死的。"女儿反复让我确认我说的是"真话"后，泪眼婆婆地睡了。我长吁一口气，以为自己闯过了娄山关。可第二天睡前，又一场"悲剧"开始上演。女儿一躺进被窝，立刻重复昨天的问题。她颠来倒去地说她不想死，不想自己死，也不想妈妈死。女儿的音线稚嫩、颤抖，穿人心扉。她直视我的眼睛，更是满载期待和渴望。我整颗心像被泰山压住，胸口闷得喘不过气。面对这种纯真我难以撒谎，又无法给女儿令其满意的回答。

这种状况足足持续了几周。那段时间，我总是恐惧夜晚的到来，我数次打电话给在外进修的妻子，想让妻子找到办法。当然是徒劳无功。妻子远在天边的笑脸根本无法对视频这头的女儿起作用。无计可施的我一到睡前，就始终被一种船即将沉没的恐慌包围。我无比害怕女儿继续纠缠生死的问题，也无比害怕自己让她失望。

女儿已很久不再询问生死的问题。但我已经有了心病，那种害怕女儿失望的恐慌时刻在我身上潜伏着，冷不丁就窜出来咬我一口。我含糊地答了几句，将话题跳至"脑筋急转弯"的游戏。女儿上了当。她音调升高，兴奋地问我哪几种动物组合起来最高。我听女儿问过妻子这个题目，却故意装作不知道答案。我连续猜错了几次，最后表示实在猜不出来。女儿一脸得意，告诉我是猪、母狼和马蜂。我立刻"懊恼"起来，用当然不算完美但足以在女儿面前以假乱真的即兴表演，给旅程画上了圆满句号。

送完女儿，我赶往医院。妻子早已坐在床上等我。她胃口很好，大口地撕咬我给她带的鸡蛋饼，像一只捕到羚羊的狮子。我松一口气。尽管病理结果还要一星期才能出，但看妻子的气色，我觉得不会收到坏消息。退一步说，即便病理结果是恶性，手术已切除了她子宫里所有内膜息肉，后续的治疗应该很乐观。

"谢谢你签字救我。"妻子一脸认真地说。我笑了。当然没有什么签字。妻子的手术十几分钟就结束了。一切都很顺利。妻子递给我一碟草莓，说是同事来看望她时带来的。我尝了几个，很甜，脸上不由得露出欣喜的表情。这表情轻易被妻子捕捉："甜吧，等我出院，我们带女儿一起去摘草莓。"我刚想回"好啊"，妻子已开始催促："快去上班吧，不早了。"

"我和领导说过要迟到一会儿。"

"说迟到就迟到啊。早点去，给领导留个好印象。"

我笑笑。妻子总是这样，她十分体贴，对一切事情都考虑周全。我则相对随性，做事情只凭本心。难怪我工作至今，未见提拔重用，而妻子左右逢源。

我站起身，又塞了一个草莓。

4

我似乎在做梦。

世界一片血红，我在血红的世界疯狂地跑着。不知不觉跑上楼梯，楼梯台阶很高，我总是踩空，摔了好几个跟头，摔得鼻青脸肿。四周有人喧闹，喊声和目光的焦点似乎是我，我抬起头，却什么也看不见，什么也听不着，只有心脏在燃烧。燃烧的火焰冲上大脑，让我无法思考。我嘶吼着，摧毁我接触到的所有，直到所有力气都已耗尽。我被人从背后一把拽倒，摔在地上昏了过去。

醒来的世界是一片明亮，可能是电脑屏幕的亮光。我正在用

CAD（计算机辅助设计）画图，妻子走来，手里拿着一张纸。她笑着说："老公，老公，快看，你女儿会写你的名字了。"我拿过纸一看。原来是一张试卷。试卷分数旁边，歪歪斜斜地写着我的名字。

"怎么回事？"

"老师说了，做错的试卷要拿回来订正，还要请家长签名。可我一直没见到闺女找我签名。我就藏了个心眼，跑去书包里翻，翻出这么一张试卷。"妻子神色变幻，又气又笑，指着我的头说："你看看你培养的好孩子。"妻子的手指离我的额头至少有五厘米，但我被指头按倒了，可能是隔山打牛。

再醒来世界又是一片黑暗。我看向天花板，知道刚刚的一切都是梦。可梦中的一切是如此真实，连妻子的神态和动作都自然得看不出一丝异样。我躺在床上好久不曾动弹，整个人非常恍惚，仿佛在元宇宙度过一个纪元后又回归现实。

意识总会回归，告诉我什么是真实。悲伤像咆哮的浪头，铺天盖地，顷刻把我的小船打翻。冰冷又火热的潮水，肆意地往我身体里钻。我难以承受这浪潮的袭击，忍不住大喊。叫喊如此绝望、如此荒凉，以至于梦中的女儿也一阵哆嗦。我吓到女儿了！一种自责、悲伤、不甘、愤恨的情绪，对我的脑海发起冲击，摧毁着我的一切防备。我紧紧抱住女儿，不敢松开。

不知道过了多久，我翻身下床，走到洗脸池，摸黑拧开水龙头，洗了把脸。拿起毛巾时，我抬头看了一眼镜子。镜子在黑暗里透出一丝惨白的光，正照亮一双挂着泪珠的眼。

回到房间，正看到女儿猛烈蹬着被子。近来女儿总是这样，常常情绪激动地手舞足蹈，嘴里说着悲伤又凌乱的梦话。极少数的时候，女儿会莫名其妙地哭醒。醒来后，女儿也总是不说话，让我又是心疼又是发慌。

我给女儿盖上被子，也开始躺下。一闭上眼，各种回忆就在我脑海里晃。我随意点开一个回忆，都如同跳进一个深不见底的旋涡。这些旋涡像一个个猛兽，无情地撕裂着我的身体。撕着撕着，天就亮了。

5

女儿上一年级了。

我是接送的主力。虽然母亲说你忙就别来了，但我不想让女儿觉得她是一个孤儿。女儿好像突然就变成一个大孩子，她不再叽叽喳喳，而是学会了沉默。我们在沉默中感受彼此的存在。

女儿明显有了自己的主见和自己的情感世界。在参加补习班时，我曾几次大声提醒女儿和别人打招呼，女儿总是不听我的话，有时还会一脸嫌弃地看着我。我渐渐地意识到，女儿是一个独立的星球，而不是我的卫星。我和女儿约定暗号，我碰一下她的肩膀或者跺一下脚就意味着来的人是我的熟人，这时她就要和对方打招呼。女儿这才在收到暗号时，心甘情愿地喊"叔叔""阿姨""伯伯"。

领导当然不想我接孩子。起初，他还会在我请假时藏有同情。但渐渐地，他眼中的同情被淡漠代替，不满的情绪在日益累积。我心中惨然。接孩子耽误的时间不过半小时而已，我每天加班时间远不止半小时，但领导始终觉得，我剥夺了本属于他的权益。我开始思考是不是要换一份工作。

思考维持了一个月，这时省里来人到公司检查。为了迎接检查，我天天加班，连续一周都没见到女儿。每天早上起床时，女儿还没醒。凌晨下班时，女儿已睡着。女儿曾在一个周六晚上哽咽着给我打电话，让我早点回家。我当然是答应，却没能兑现诺言。第二天早上，我刚准备出门。女儿突然惊醒，她穿着睡衣追到电梯口，从背后抱住我双腿，哭着说："爸爸，你不要加班了，你请假吧，你请假吧！"

我心中悲凉，加班何谈请假，就是因为忙不过来才要加班啊！我极力向女儿解释单位有多忙，也极力向女儿许诺，忙过这阵子就带她出去玩。可无论我怎么劝说，女儿都不肯接受，哭得越来越惨烈。我从她的哭声中听出了委屈，听出了不甘。她不想妈妈死，如果这实现不了的话，至少——不想我加班这个小小的、卑微的愿望总要实现吧？可在这个节骨眼上，我一点办法也没有呀！我蹲下来，把女儿抱在怀里。女儿声音沙哑，只重复一句话"你请假吧，你请假吧"。我的心裂成了无数瓣。最后，没有办法的我只能求助母亲，心碎地看着母亲将哭泣的女儿抱回房间。

我办理了离职手续，在检查结束的第二天早上。

6

树影在夜色中捉迷藏，远方的灯火跳舞般地一闪一闪。白天的各种喧嚣此刻都已经失踪了，好像它们原本就从不曾存在。我唯一听得见的声音是我的呼吸。我抬起手腕，手表清晰地告诉我，我今天确实跑了五公里，抹一把头上的汗，放慢双腿，小碎步前进。夏天的风闷热中带着凉气，从我身旁轻轻掠过，撞进了路旁的槐树林。叶片响动，像是有谁在低声说话。我停下脚步想听见它们在说什么，却一个字也听不清。

在辅导作业后跑步是我四个月来雷打不动的习惯。我起初只是想宣泄一种愤怒，但后来我就把跑步当成了一种使命。我身体的指标从两三年前开始就逐渐变差，妻子好几次不无担忧地提起，她怕我在某日加班中猝死。我觉得妻子多虑，还这么年轻怎么可能出事。更何况，哪怕我有个万一，妻子身体一向健康，家中至少还有一道保障。但我万万想不到，摇摇欲坠的吊桥仍在坚挺，坚不可摧的大厦却已经瓦解，这简直是老天和我开的黑色幽默。女儿还有十几年的时间才能长大，我不能把宝押在日渐年迈的母亲身上，那大概是注定要输的赌局。

如果说有什么东西付出就有回报，我想只有跑步。四个月来，我的血压、血脂和体重都下降得很明显。跑步的状态也从跑五百米已疲惫不堪，渐渐增加到能够坚持五公里。再对比我曾在酒量上苦练而徒劳无功，以及在工作上加班加点却颗粒无收，跑步的好处不言而喻。跑步卸去了我很多愤怒，让我不至于在怨天尤人中精神崩溃。

回到家时，女儿已经睡了。母亲趁我跑步已完成了帮孙女洗澡、讲故事的任务。女儿有一阵子不做噩梦了。也许是母亲教会了她"魔法"。每次睡前，女儿都会重复十遍"咒语"："只做好梦不做坏梦。"有些时候，或许我们需要一些精神寄托。我摸黑进屋看了看睡熟的女儿，黑暗中，她格外恬静。我内心突然涌起一种祥和之感。我笑了笑，去浴室简单冲了冲澡，溜进书房开始写作。

写作最开始只是一种情感驱使，是我欺骗自己的一种麻醉方式，我一遍遍地舔舐伤口，一次次地修复我不完整的人生。但两个月前，写作成了我的谋生手段。我想，自由创作者大概是最适合我现状的职业，我可以自由接送女儿，也有时间在周末带女儿逛公园，这弥补了我长久以来的缺憾。唯一比较致命的问题是收入少了些，但我别无选择。

7

我和女儿到家时，母亲还没回来。

我在沙发上躺着，让女儿自己看会儿电视。女儿拿起遥控器，正要打开开关，整个身子突然僵住了，眼泪唰一下子流出来。我知道，女儿察觉到了，一个爱管她看电视的人，从这个家里消失了。我后悔让女儿看电视，想过去安慰，又怕适得其反。我不想女儿觉得，我是在强迫她"打招呼"。我装作没发现女儿哭，故意翻出了拼图，自言自语地说："来玩拼图吗？我们好久没玩拼图了。"女儿抹抹眼泪，坐在原地，一动不动。她脸上微妙的表情告诉我，她知道我知道她哭了。

母亲推门进来，一边往屋里走一边说："买了外公最爱吃的芝麻糊，只可惜现在的芝麻糊再也吃不出小时候的味道。"女儿关上电视，接过母亲手上的购物袋。我也把早已准备好的烟酒拎着，又将衣物递给母亲，出发去看望外公。说是看望，真的就是"看"

和"望"。外公几乎全程沉默，只是用寥寥几语回答我的问候。他本就不爱说话，外婆去世后更是一言不发。他整日对抗时间的依靠就是一部手机，这让舅妈总是担心他的身体。外公被舅妈念叨多了，也确实会在白天出去晒太阳，但他却常在晚上躲进被窝玩手机。一个年近八十的老人却像一个逃避大人管制的孩子，这事说来不知道是该感到有趣还是该叹一口气。

外公住在舅舅家这件事，不知道什么时候开始，我习以为常。尽管，外公外婆独自生活的时间覆盖我生命的绝大部分。我好像很容易被最近的事情遮住目光，似乎觉得一切本该如此。比如说我留在舅舅家吃晚饭，仿佛是天经地义。但我和舅舅喝酒时发现，这竟是我们第一次喝酒，这不禁让我们感到不可思议。我们满脸通红，在酒精的沙漠里推演沙盘，最终得出的结论是，城市的距离限制了我们的走动。我们来往密切之时，我始终滴酒不沾。工作之后我会偶尔喝酒，但我们的世界却挤进了太多东西。我和舅舅迷茫地看着彼此，心里都不由得涌上悲哀，只有用举杯来安慰自己。酒流进胃里，变成了血脉，拴住亲情的血脉。

今晚我没有回市区，而是住在了母亲家。尽管二十五岁之前，我一直把它当成是"我家"。回到"我家"，我已经醉了。正准备睡觉，一个"熟人"却发来消息。离职后的半年，我几乎和世界断绝了联系。我极少和老朋友来往，更是对结识新朋友充满抗拒。生活中只有两件事，一件是养女儿，一件是写作。从某种意义上来说，这两件事就是一件事。但我的生活里确实多了一个熟人，罗晓艺。罗晓艺是我的初中同桌，这是我单方面掌握的信息。

罗晓艺是通过我的作品认识我的。这件事说来奇妙。我大多数作品都是一些回忆性质的散文，这些散文除了出现在各种日报、晚报的角落，还出现在各种自媒体。这些自媒体用了一些我完全不知道原理的算法，把我的散文精准地推送给那些和我有同样经历的人，编辑们称这些人为"目标客户"。罗晓艺就是一个目标客户。四年前，我们当地一家知名化工厂发生过一次大爆炸，事故现场浓烟滚滚，响声几里外都清晰可闻。这么大的事故只死了一个人，消息传出的时候几乎无人相信，大家都觉得死十个八个人才算靠谱。但只死了一个人的事确确实实是真的。只不过死的人有些特殊。那个人是罗晓艺的丈夫。

我用的是笔名，罗晓艺不知道我是谁，但我在收到第一封邮件时就知道了她的确切信息。这种信息的不对称让我莫名地感到安全。罗晓艺起初一直用邮箱和我联系，后来就加上了我的微信。我们时不时聊上几句，在抱团取暖中找到安慰。

我跟罗晓艺在微信上聊了一会儿才睡。睡着后，我梦见了我的妻子。我一转身抱住了妻子，妻子的身子柔软、温热，像滚烫的眼泪。

8

又是一年春天。

女儿已习惯于放学回来先坐到书桌前，做完作业再吃晚饭。我也在很多时候习惯了现在的生活。我一个人带孩子，一个人跑步，一个人缩在这广阔世界里的小角落。我有时候总会想起一部高中时爱看的电视剧《传闻中的七公主》。电视里女主角的父亲常说一句话："不要向平静的湖水开机关枪！"可枪打来时谁也没有办法，生活免不了震荡，一切都碎裂不堪。最终，湖面终究会恢复如常。唯一的问题是，湖面再平静，湖水里永远多了一颗子弹。这子弹常会在女儿握起电视遥控器，或者我看到家长群里通知摘草莓时突然翻滚，卷起湖底的泥沙。

我又一次在舅舅家喝酒。酒到半酣，舅舅突然冒了一句："曲瑶不小了，你没考虑，再找一个人一起照顾她？"我看向舅舅，他脸上一脸关爱。我没说话，只是端起了酒杯。酒杯上映出了母亲的侧脸，一个紧绷的侧脸。我看向女儿，女儿正在和舅舅的二女儿一起玩耍。我说："暂时没这个想法，再等等吧。"

回到"我家"，我感到一阵莫名其妙的烦闷，一种妻子要被人夺走的感觉堵在胸口。我想找人说说话，可翻遍微信里几百个联系人也不知道和谁诉说，最后，我只好找罗晓艺。我一股脑儿倒完酸涩，罗晓艺却告诉我一个消息："其实有件事，我早就想和你坦白了。"

"什么事？"

"我知道你是谁了。"

我一激灵，酒醒了一半。我有点想让罗晓艺知道我是谁，又不想让她知道。我说："你不是说永远不会打听的吗？"

"我没有打听，可是你不知道朋友圈有共同好友这种东西吗？谁让你在朋友圈留言。"

"知道多久了？"

"有半年多了。"

半年多了吗？我把时间往回拉。我和罗晓艺这半年的聊天，和前面的时间没有什么变化。但仔细一想，不知道什么时候起，我们聊天的内容不再纠结于回忆，而是越来越"当下"，聊天的时间也不再是密集的大段，而是越来越碎片化。我渐渐习惯了听闻罗晓艺生活中无数的小烦恼和小欢喜，不知不觉间，我也能够凭这些散落的拼图拼出她的世界。我有时候甚至有一种错觉，我就是罗晓艺，就是彩虹传媒集团一名员工，而不是一个自由创作者。不知道是不是喝醉了的原因，我有一丝欣慰，觉得和罗晓艺很亲近。突然，我又无限悲伤。曾经一直对我这样诉说的妻子，她现在在哪里呢？带着曾经的伤痛，我回复了罗晓艺。"我在想，认识每一个朋友，嗯，每一个亲近的朋友吧，其实，认识的都不是一个人，而是她的人生，她的喜怒哀乐，她的事业、爱人、朋友。"

"哈哈哈，你偷窥了我的生活。"罗晓艺笑着回了一句，顿了顿后，又用似乎是试探的缓慢语气说："你又陷入回忆了吧？"

"有点吧。妻子以前也常和我说她的工作、生活、点点滴滴。然后，她走了，就等于把她的烦恼，她的喜怒哀乐，一切一切都带走了。现在，你的世界你的画卷在我面前徐徐展开，可她的世界却永远在那个点终结了。"

"你又伤感了。趁机和我表白一下。抓住情感。"

"哈。世界是黑白的，你是我命中的一点红。"

"哈哈哈。"

罗晓艺笑了吗？也许吧。妻子离我越来越远了吗？肯定吧。那些我曾经喜欢的大笑、害羞和撒娇都没有了。我无数次尝试去找那个世界，却只闯入空旷无人的寂静岭。

9

我不适应聚光灯。

这几年来，我好像一直在黑暗中生活。在黑暗中跑步，在小房间写作，隐姓埋名地聊天。但一切总在渐渐改变。我和罗晓艺见过几次面。罗晓艺毫无疑问地衰老了。不过，和同龄人相比，她看着还是年轻的。我以为罗晓艺会有一张忧郁的脸。意外的，她的脸看着竟很有活力。更让我意外的是罗晓艺的能力。印象中，罗晓艺虽然聪明，但成绩并不好。可我们见了面，我才知道她的干练。她说起可以帮我出版作品集，我并没有当回事。但罗晓艺很快把我的作品结集出版。如果她仅仅做到这样，我并不会感到意外。但她接下来的操作，让我自叹弗如。她先是找了几个和她一样的"目标客户"谈感受，又找了几位文艺评论家评论，这一番双管齐下，作品集竟然卖得大火。我不仅拿了不少稿费，新写的文章也有了稳定的市场，这让我感到安全。

但有一件事让我感到不安全，那就是我不知道我和罗晓艺的立场。我曾打算和罗晓艺终生都不见面，可偏偏她知道了我是谁。我也曾不想和罗晓艺有现实的纠葛，却常常"合理"地见面，这时我常常涌起一种背叛感。我还曾设想我和罗晓艺是最普通的朋友，但这个说法连我自己都感到心虚。在我将近四十年的人生里，罗晓艺是第二个每天都会和我联系的异性，第一个是我的妻子。

罗晓艺要去南京出差。出差前，她约我见面。罗晓艺外表明艳，我看得出来她化了淡妆。若有若无的香气，从她头发那里传来，我下意识地加快了呼吸。我不是个擅长观察的人，但我今天就是隐隐有种错觉，罗晓艺几次欲言又止。我突然涌上一种奇怪的念头，也许今天会有什么事情要发生。果然，罗晓艺在吃完一个天妇罗后，突然抬起头认真地看我，而这种认真我之前从没在她身上见过。她挤了一下酒窝，似乎是想笑一下。但笑意呈现之前，她额首微垂，遮住了一切表情。罗晓艺再次抬头时，脸上已经没有了笑意，只残留了一种执着。她说："我不想一直聊天了。"

"是吗？"我心脏一阵猛跳，不知道怎么回答，只能用问句来掩饰我的紧张。

"你知道吗？我们已经很老了。没有很大的天空，也装不下很多人和事了。"罗晓艺顿了顿，又补充说，"我们的心里已经各住了一个人，不能再住更多了。"

罗晓艺很久没提过爆炸中消逝的那个人了，尽管我知道那个人从未消逝。他曾是我们沟通的基础，也是后来我们避而不谈的话题。我不知道罗晓艺提起这件事的意思，也许她是想让我们的关系回到原点。我突然意识到习惯的可怕，因为我感到一种恐慌。这种恐慌阻断了我的呼吸，我结结巴巴地说："我觉得，聊天，其实也不占用很多时间。"

"你是这样认为的？"罗晓艺眉毛上挑，眼中突然射出一道奇异的、耀眼的光。这光瞬间照进我的内心，把我推到聚光灯下，让一切想闪躲的都无从躲藏。我有一种被洞穿的错觉，这感觉烧红了我的脸。但一种念头也隐隐浮上水面，罗晓艺想说的也许不是再见。我轻松起来，好像再次学会说话。我刚想开口，转瞬又陷入沉默。女儿的笑脸在我面前一闪而过，我犹豫了。是否要向习惯投降？习惯也是可以改变的，没有人比我更清楚地认识到这一点。一阵刺痛从心脏传来，蔓延到全身。我感觉浑身发冷，用手摸摸额头，又烫得惊人。我没有回答。

"我们不可能永远维持现状的。"罗晓艺步步紧逼。

"没办法维持现状吗？"

"没办法。"

一阵长久的死寂一直持续到散场，我和罗晓艺没有再说一句话。此后的几天，我们的世界也始终维持沉默。我们一直有一种默契，这默契依然存在。

天气炎热起来。女儿换了夏季校服。我一如往常地送女儿上学。下车后，女儿一蹦一蹦地跳跃着向前走。眼看女儿要进学校，我突然开口说："曲瑶，我找个人一起照顾你，好不好？"女儿的身影停住了。过了不知道多久，她才微不可见地转头，飘过来一句"好啊"，头也不回地走进校园。我想起，外婆去给我买奶片，我喊她，她也是这样回头冲我笑，我继续喊她，她却再也不理会我……

我甩甩头，眼前只有女儿的背影。我笑笑，没再追上去说话。

今天晚上，罗晓艺将出差回来，我需要给她一个回答。

三点一刻

1

这是一次迟到的见面。

我赶到见面地点时，是两点三刻。

我摸出手机，告诉潘璐我到了。潘璐还没出门。我告诉她不用着急，反正电影还有两刻钟才上映。我去扫码机取了票，找了椅子坐下，左思右想，又去前台排队，买了两杯奶茶一桶爆米花，这才坐回椅子上。我有些自责。尽管我原谅了自己，原谅了一切，也下决心约潘璐见面，但先邀约的却是潘璐。她问我国庆回不回汉川，说如果回的话想和我看场电影。我自然是答应，还说一直想约她见面。但潘璐似乎并不相信，因为她下意识地重复了几次："是吗？"

我苦笑一下，吃起爆米花。这是我和潘璐的最爱。我们大学看电影时，总少不了可乐和爆米花。潘璐几次在嚼爆米花时说："不吃爆米花，就等于没看电影。"我也一直附和，说会吃爆米花到地老天荒。我好多年没吃爆米花了。三十岁后，肥胖像一把达摩克利斯之剑，始终在我头顶高悬。它张牙舞爪，逼迫我缴械投降。我内心的少年还想抵抗，可最终，日益迟暮的身体变成牢笼，囚禁了我的思想，捆住了我的灵魂，让我走向"成熟"。我放下爆米花。

潘璐发来消息："今天，我会给你一个特别的生日礼物。"我的生日是明天，我疑心潘璐记错了日期。转念又想，也许潘璐提前准备了礼物。我其实不需要礼物，没什么礼物比得上潘璐宝贵。我大二那年的生日是潘璐陪我过的。她什么也没买，但我很快乐。当时，我在烈日下等到潘璐，然后一起在学校对面饭店吃了饭。我们逛了校园，又一起参观了我的宿舍。

宿舍其实没什么可看的，只有几张上下床。但潘璐在阳台上找到快乐。她拉着我的肩膀，发出惊叹："天哪，陈元，你看，那不是我们吃饭的地方吗？"我不知道看见饭店有什么可惊讶的，但潘璐的突然靠近让我心跳加速。我的脸开始燃烧。这燃烧似乎能够传染，潘璐松开了手，也没能躲掉。她满脸通红地看着我，我也满脸通红地看着她。我们第一次接了吻。

"不需要什么礼物，能见到你我就很高兴。我常想起大二过生日的情形，想起你的惊叹和脸红，那都是很宝贵很真实的纪念。"我现在变得直接了，不像高中和大学时那么含蓄。那时我总是顾虑重重，做事谨慎又迟缓。其实我初中时不是这样的。初中的我荷尔蒙过度分泌，常偷看邻座女生的日记，也常从背后拍相熟女生的肩膀，然后若无其事、大摇大摆地从她们面前走过。有时，我还故意惹喜欢的女生生气，等她双臂一合，趴在桌上半真半假地哭时，再"合理"地摸她的头发哄她，感受她桌下的双腿温柔地踢我。

但这些事情没有维持下去。离中考只有一个月时，我母亲和父亲离婚了。我那时实在想不通母亲为什么要这样做。虽然我和母亲一直疏离，但她确实是我母亲，我也确实是她儿子。她为什么不能多等等，哪怕是一个月呢？这对我无疑是个沉重的打击。初中成绩稳居全县前三十名，预定进重点班的我，中考成绩是第三百名。这双重的打击让那个暑假压抑而灰暗。我几乎足不出户，终日和失望的、日益衰老的父亲待在一起，反复阅读书橱上的《废都》和《活着》，感觉自己也在日益沉重和衰老。

连续几个月，我就这样死气沉沉地活着。直到高一报到的那天，我遇到了潘璐。

2

我是昨天回的汉川。这是十年来，我第一次在过年外的时间回到汉川。曾经熟悉的汉川县城（汉川市区）现在对我来说已经很陌生。那些高楼就像丛林，轻易让我迷了路。我只有依靠导航，才能在迷途中找到家。这不禁让我疑惑，汉川到底还是不是我的家乡。

我在大姑家吃的晚饭。表弟告诉我，不算镇上的，仅汉川县城就有五家电影院。我一瞬间有些愣神。我记得汉川以前只有一家电影院，里面的木质座椅破败不堪。我就是在那嘎吱作响的椅子上，和父亲一起看了《狮子王》。

　　父亲一直没有再婚，他似乎习惯了一个人生活。我觉得这有些悲哀。一个人的世界，总感觉有些孤单。我放下碗筷，走到阳台，在灯火中给潘璐打了电话。我想在见面前铺垫些什么。至少，我应该打消她的"是吗"。我没来得及铺垫，老人和小孩的声音杂乱地堆叠，像子弹一样从手机里传来。我在枪林弹雨中知晓，潘璐忙碌着。我只能切入主题，告诉潘璐，我"才知道"汉川有五个电影院。但我随即明了，说"才知道"没有意义。潘璐完美地避开了"才知道"，准确地把握了主题。她说："还是选万达吧，听着就有南京的气息。"我赞同潘璐的选择。我也喜欢南京，那是我和潘璐上大学的地方。我们在那里见过很多次，看过很多场电影，吃过很多爆米花，那都是很美好的回忆。我猜潘璐也想到了那些回忆，她下意识地提起，我们的第一张合照是在万达拍的。我没有附和这句话，而是陷入沉默。我想潘璐知道我的沉默。我们第二次断联后，以前的一切，只有记忆，没有物证。

　　潘璐回了信息："那天我也很高兴。我已打上车，等我。"我还是想铺垫些什么，又觉得一言难尽，最后只回了最简单的两个字："好的。"许多年后，我还是不善言辞。我翻动朋友圈，却看不进任何消息。我知道我即将再见到潘璐，在第三次断联之后。我干脆放下手机，任意识漫无目的地游荡。七个扫码机矗立在前方，像七个白色的吞金兽。排成行的四个时钟，就在吞金兽上方奔跑，用东京、伦敦和纽约时间昭示，这个影城是多么国际化。《狮子王》的记忆一闪而过。我知道，我生活在一个伟大的时代。

　　我把目光移到"北京"，懒散地看那红色秒针卖力地转圈。这秒针让我想起，我也曾骑车绕行汉川一圈又一圈，而潘璐就坐在背后。现在骑行汉川县城不可能了。我不知不觉地开启了奔四的旅程，小肚子也不知道什么时候冒了出来，这让我的体能显著下降。我想我已经蹬不动单车。

潘璐又发来消息："等着急了吧，我已经到楼下了。你还记得我借雨伞给你吗？"我笑了笑，或许潘璐和我想的一样，她也觉得需要铺垫些什么。我回了一个笑脸，又回复说："当然记得。"

我觉得命运很奇妙，许多事情都有着独特的因果。中考失利确实让人沮丧，但我也因祸得福，分到普通班，和潘璐成为同桌。潘璐和我右座的罗成林，一左一右包围了我的生活。我们常常一起租碟、下棋、吃凉皮。那是我最惬意的日子。我没什么学业压力，在普通班，我怎么考都是第一。我能见到想见的人，我在每晚睡前知道，第二天醒来我就能看见潘璐。但这惬意的日子并不长，高二开学时接到分班通知，我分到了重点班。潘璐没有，罗成林也没有。这无疑在宣告我又成为孤家寡人。因为我是学生，天地就是班级那么大。一旦分班，世界随即割裂。但这种割裂在罗成林身上似乎并不存在，高二之后，罗成林常来我家下棋。我起初有些微妙的惊异，久而久之，我习惯了罗成林的到来。我们本来就是好朋友。

我在一个热得冒火的夏日，进入那个嘈杂、凌乱的网吧，津津有味地看着《棒球英豪》。那时我迷恋《棒球英豪》，这迷恋和棒球无关，主要是我喜欢完美无缺的女主角浅仓南。在看到浅仓南拥抱达也后，我带着兴奋离开网吧。出门正撞上潘璐。我和潘璐都特别惊喜，那时我们还没看过《卡萨布兰卡》，但我想，汉川有那么多网吧，偏偏我们在此相遇。

　　这时突然下起了雨，而我没有带伞。潘璐问我怎么回家，我说等雨小了再走。潘璐说，她有多余的雨伞，可以借给我用。我起初信以为真。但我很快明白，潘璐并没有多余的伞。只见一个男孩从潘璐背后冒出头，我知道那是潘璐常提到的弟弟。潘璐的弟弟脸上本是茫然，但很快浮现了懊恼。他拽着潘璐的衣角，含混不清地嘟囔。我猜他可能在说："雨伞给了他，那我怎么办？"潘璐板起脸，用警告的眼神示意弟弟不要说话。弟弟委屈地沉默了。我感到有些温馨，又有些好笑。我涌上拒绝潘璐借伞的念头，但最终没有拒绝。也许，我需要一些理由；也许，我需要一把伞。

　　潘璐来了，双手空空如也。她没有任何客套，很自然地在我旁边坐下。我一阵恍惚，感觉空间和时间都被潘璐拨动。我想起大一寒假，在我曾借雨伞的网吧，潘璐也曾这样款款坐下。她当时已尝试涂了口红，我却没注意到，当时自己大部分注意力都陷进《劲乐团》里，非拉潘璐和我一起玩。那是潘璐第一次玩《劲乐团》，她笨拙地敲着键盘，错过许多音符，曲不成曲。她看我双手闪动，怀疑我们弹奏不同，听的曲子也不同。我说："怎么可能不同？"话虽如此，我内心并不确定。这种不确定映在脸上，让潘璐更加疑心。她拿过我的耳机戴在自己头上，眼睛瞬间睁大，提高音量说："天哪！陈元，真的，曲子不一样了。你弹的曲子，音乐感特别强。"

　　我玩的是V3，改编自贝多芬《悲怆》奏鸣曲第三章。曲名虽是"悲怆"，但那是贝多芬早期作品，节奏确实明快。我现在还能听到那曲子，还能看到音符一个个落下。音符就像时间一晃而逝，只有我和潘璐还在长按空格键。

3

潘璐坐下后还是讶异，她满怀疑问地惊叹："天哪！陈元，你怎么到这么早？你不是一向迟到吗？"我从熟悉的"天哪"中感到安心，笑了笑，没有回答。我把奶茶推给潘璐。潘璐没有喝，也制止我喝："一会儿看电影再喝吧。"我抬起头，"北京"明确告诉我，现在已是三点，电影还有一刻钟开场。我点点头，开始寻找话题切口，但还是潘璐抢先说道："你真记得我借雨伞给你？"

"怎么会忘记呢，那伞记录的是青春。"我斩钉截铁。潘璐牵动嘴角，略带寂寞地笑笑，算是表达赞同。她无意识地拿起奶茶，感受到重量后又放下，叹息一般地说："我们都不再青春了呀。"我没有接话。青春这个话题过于宏大，我不认为荷尔蒙笼罩的初中属于青春。我觉得青春专属于大学时代。我和潘璐朦朦胧胧、不明不白的时代。

和潘璐接吻后，我也没有表白。我们互打电话互发短信，天南海北地聊着，分享我们见到的一切。我们是真实的恋人，却始终没有明确关系。最接近表白的那次是在大二寒假。那晚，我发消息给潘璐："晚安，小南。"我当时不知道为什么要发这个消息，也许我厌倦了原地踏步，也许冬天第一场雪来得太晚，让我期待"火星撞击地球"。潘璐多少把握了我的心思，她回复得有些慢，但直击要害："达也，小南可是有特殊含义的哦。"潘璐挥过来的是一个直球，理论上应该很好接，但我在挥棒时开始踌躇。潘璐喜欢我吗？她是完美的结婚对象吗？我们会离婚吗？我们的孩子会为我们离婚而烦恼吗？这些问题如今看来是如此可笑，但当时它们深深地困扰了我，就像一条看不见的藤蔓，捆住我的手脚，让我挥棒出现间隙。有人抓住了这个间隙。

我抬起头，看见潘璐正在看我。她睫毛下垂，眼神中带着某种我不明白的哀伤。我疑心她也想到了罗成林。我扯动嘴角，露出一个苦笑。其实，我现在已经不再有某种情结，也不再为完美而劳心费神。我只是觉得遗憾，遗憾我曾那么偏激。我想起罗成林是如何在大三开学时来学校找我，如何与我在学校对面的饭店各喝掉一瓶啤酒。他问我是不是和潘璐恋爱，我怯懦地说没有。罗成林告诉我，潘璐也许在和他谈恋爱，我无比震惊。罗成林说"也许"，但我知道那是"一定"的另一种说法。我内心深受打击，表面上却尽量云淡风轻。可惜这假装有一点不完美。我起身付钱时，不小心碰碎了空啤酒瓶。

我再没给潘璐发过一条消息，尽管她时不时给我发节日祝福语。大三快结束时，潘璐突然给我打了一个电话，对我说："我想你了。"这是我第一次听潘璐说她想我，我不免有些触动。"我想你了"这几个字虽然简单，却充满了纷繁的意义，它多像春日温暖的气息，多像会唱歌的百灵鸟！我很想回复"我也想你"。但虚无缥缈的自尊，还有那掺杂自卑的骄傲跳出来，阻止了温情的传递。我希望潘璐提起罗成林，可从始至终，潘璐都没这样做。这没来由地让我对潘璐的热情产生一种厌恶。我决绝地用冷漠中和温情，把我们之间的关系调成冰点。而这大概成为我一生后悔的几件事之一。

我心中蓦然浮起一丝愧疚。

4

　　我和潘璐之间没有障碍物阻隔。在电影院通明的灯光下，潘璐圆润的线条展露无遗。我再一次意识到，潘璐是个女人，一个充满成熟魅力的女人。我猜测，电影院里的所有人都能意识到这点。可唯独对我来说，意识到这点并不容易。和潘璐恋爱时，我一直没把她当成一个女生，除了那次蜻蜓点水的接吻，我们并没有更亲密的接触。而我第一次意识到潘璐的变化，已是我们分手后。

　　分手后我第一次给潘璐打电话，是圣诞节来临前的周五下午。当时，我已在苏州培训了整整一个星期。那一周，我几乎每天都在想潘璐。我和潘璐已经三年没联系了，我很想知道她变成什么模样。我涌上一百次联系潘璐的念头，但它们都被我的毅力扼杀了。在要离开苏州时，我的毅力出现了缝隙。给潘璐拨号时，我一直害怕她会拒接我的电话。幸好潘璐没有。我在电话里听到了熟悉的声音，这让我如释重负。我告诉潘璐我在苏州，问她有没有空见一面。潘璐急切地告诉我有空，并让我再留一两天，说要带我好好逛逛。

　　我和潘璐在金鸡湖边吃了晚饭。我们小心翼翼地回顾从前，尽量避开一些山峰和阻碍。我们聊起大学对面的饭店，回忆起我是如何傻傻地点了一桌子菜。我们也聊起潘璐大学的自习室，回忆起我们坐在教室最后一排，共用一个耳机听歌。我们很快摆脱了疏离感，开始不时欢笑。但我们又在笑声中顾虑重重、暗自神伤。而那些真正快乐的记忆，我们都没有提起。

　　结账时，潘璐告诉我，第二天的行程是爬塔。其实我不在意第二天是什么安排，我在意的是潘璐。在前台昏暗的灯光下，我更能发现潘璐的变化。她不再像从前那样青涩，而更像一个女人，散发出一种前所未有的成熟气息。这气息是一种吸引力，勾起了我的某种回忆。我很想抱抱潘璐，像大学时候一样。但我没有这样做。我们已不是男女朋友。

　　我们在金鸡湖边行走。湖边幽暗僻静的小道、宽阔的湖面、似有似无的笛声，交织成仙境。内心一种呐喊在仙境中变得强烈，我想和潘璐恋爱。哪怕，她曾和罗成林在一起也没关系。我终于将话题往深处吸引，询问潘璐是否和罗成林谈过恋爱。潘璐愣了一下，走了几步都没说话。我追上潘璐，双手拽着她的肩膀，双眼火热地看着她，我期待得到一个否定回答。那当然是不切实际的幻想。我终于听到潘璐亲口说，她和罗成林在一起过，但她大声地告诉我，他们的恋情是大四开始的，而不是罗成林告诉我的大三。这是一个很可怕的时间差，它摧毁了很多东西。我不由得恨起罗成林。我想起那句话："为兄弟两肋插刀，为女人插兄弟两刀。"我以前几次把它当成笑话，但此刻它竟是如此讽刺。

　　我听着潘璐熟悉的家乡话，想象她是如何被一个不喜欢的人追求，如何在水里求救，而我这个救命稻草却没有救她。而潘璐就在这时告诉我，她已经和罗成林结婚了！我觉得这简直是天方夜谭。我像个雕像一样愣了半天，直到，潘璐把我唤醒。她皱着眉头，挥舞双手，一脸急切地强调，尽管她结婚了，但她并不幸福。我愿意相信潘璐的话。可那又怎样？潘璐终究是结婚了。某种说不清道不明的情绪涌上来，撕扯我的心脏。我执意不再散步，坚决要送潘璐回去。

潘璐的住处并不远。但我们一路沉默，时间走得很艰难。潘璐几次要开口说些什么，却终究没有开口。我们散步时保持两步的距离，痛苦地、焦灼地走到她家楼下。我费尽力气看向潘璐，压抑地说了一句"晚安"，掉头就走。我刚走两步，被潘璐大声喊住："陈元，我真的并不幸福……实际上，一点儿也不幸福……"

我想我这次听清楚了潘璐的意思，下意识地转身，和潘璐对视。我确认对方是我喜欢的潘璐，对我说"我想你了"，陪我吃了无数次爆米花的潘璐。我想和这个我喜欢也喜欢我的潘璐拥抱，在这个寒冷的冬夜，在叶子快掉光的大树下，在无人的长椅边。但我不免想到罗成林，我想象他是如何把潘璐抱在怀里，又如何和潘璐躺在同一张床上。这些想象如尖利的刀，深深刺痛了我。我受伤流血，一步也动弹不得。在那刺骨的寒风中，潘璐望着我，我也望着潘璐。我们就这样孤寂地站着，没有希望地站着，直到风把潘璐吹上楼。临进楼栋时，潘璐回头，留给我一个遗憾与落寞交织的侧脸。

那个晚上，我一个人回到酒店，躺在比大海还要宽阔寂寞的床上，怎么也睡不着。我想起潘璐借雨伞给我，想起潘璐给我打的无数个电话，想起潘璐和我接吻。我的眼眶湿润起来，沾湿了枕巾。我不打算和潘璐爬塔了，我想一早起床就走。但失眠的我睡过了头。在我没起床时，潘璐已在前台等我。她看见我从电梯出来，热情地、若无其事地笑着，仿佛昨晚那个落寞的人并不是她。

从酒店出来，我们坐了黄包车。在那狭小、颠簸的黄包车里，我的肩膀和潘璐的肩膀不可避免地微微碰触，这让我们都有一些异样。我能感受到潘璐的成长。这成长让我懊恼更让我绝望。我想我已经永远地失去了潘璐！我赌气似的一层又一层爬上那古老的塔。我在塔上登高望远，高处不胜寒。当天下午，我离开了苏州。虽然，潘璐极力想留我再玩一天。

我临走时，潘璐去85℃便利店给我买了许多面包，她说怕我路上会饿。

5

已经三点十分。我询问潘璐是不是该验票入场，潘璐向我又挪近了一些，算是对我的回答。她递给我一片口香糖，自己也含了一片。她努力笑了一下，笑出了眼角的细纹："你上次来看我，我很感激。"

我心中五味杂陈。潘璐说的"上次"，离现在已经五六年了。而且，她用来回顾的词语居然是"感激"，我简直不知道她可以感激什么。我说："没什么可感激的，其实我一直有些后悔。我一直能想起那个晚上……"

潘璐紧紧地抿着嘴，说："是吗？"

我发现潘璐变了，她说"天哪"少了，说"是吗"多了，我猜，这也许是离婚带来的改变。一个偶然的机会，我听说潘璐离婚了。我难以形容自己当时的感觉，那大概是一种充满了苦涩的错愕。从苏州离开后，我不再纠结于"完美"，曾在父亲催促下与五六个人相过亲，但我不可避免地拿她们与潘璐比较。她们都不是潘璐。我尝试与其中一两个人交往，但始终不自在。父亲告诉我，也许结了婚状况就能改变，但我觉得那是不可能的。我想我如果和这些人结合，那我的精神世界肯定是孤寂的死海。我想我有些理解了我的母亲。

我不可避免地会常常想念潘璐。这种想念很快变成一种折磨，撕裂我的世界，让我整夜整夜睡不着觉。潘璐，居然离婚了？我想立刻给潘璐打电话，但我没有这样做。我知道这电话背后的意义，我想它联通的不是潘璐的手机，而是婚礼的现场。我不免有些迟疑。我要和一个离婚的人结婚吗？大家会怎么看我呢？父亲会同意吗？这些迟疑的理由看似如此充分，但我内心也许早有答案。这些日子里，潘璐寂寞的侧脸始终停留在我的梦里。它反复提醒我，我被某些看起来重要，实际上轻飘飘而可笑的东西牵扯得太久了。我不知道多少次在一个人的、冰冷的床上想象，如果不是我执着地要寻找那不存在的"完美"，罗成林就不会出现，我和潘璐也就不会在痛苦中蹉跎了十多年。

"我真的一直能想起那个晚上，我想，我要是抱抱你就好了。我想，那时你一定很绝望。我听说你离婚了……"我谨慎地措辞，生怕引起潘璐的悲伤。但我多虑了，潘璐脸上满是平静。这些年来，她也许早已练就了百毒不侵的本事。这让我更加心酸。我问潘璐离婚的原因，潘璐说没什么原因。她接着又说，如果非找一个原因，那原因也许是我。她说她曾在某个灰暗的晚上，埋怨罗成林撒谎。她以为罗成林会内疚，可罗成林没有。他突然发起了疯，暴躁地砸手机、台灯等一切身边的东西，指责她肯定在我们见面的晚上和我发生了什么。这当然是无稽之谈。但此后半年，罗成林始终用冷热暴力，交替惩罚潘璐的"背叛"，这也为他们本就摇摇欲坠的婚姻吹响了丧曲。

潘璐说这些话时，脸上依然平静，但我内心掀起了汹涌的波涛。这些波涛互相冲撞，最后交织成复杂的结论——一个我嫉妒的人，也许一直在嫉妒我。我突然不再憎恨罗成林。他其实也是一个可怜人。在我那么多次描述我和潘璐的"友谊"时，罗成林到底是何感受呢？也许在罗成林心中，我始终是个第三者。毕竟，他和潘璐初中就是同学，而我到高一才出现。

我看着潘璐，内心坚定。我知道那些火焰也许还存在，但它已经不再具有意义。那不过是要抹去的一层灰，否则它会蒙住我的双眼，让我错过最宝贵的东西。我是如此习惯潘璐拨头发的样子，如此习惯潘璐讲我熟悉的汉川话，那是一种难以言喻的安全感。我想如果对方是潘璐，这一辈子我能坚持下来。

"我一直迟到，这次我不想迟到……其实，我不介意，不，让我想想我到底要说什么……"我很想说些什么，但我语无伦次，什么也没说出来，又好像全说了。潘璐看着我，笑了一下，是真心欢笑。她吐出口香糖，哼起了歌："那一年盛夏，心愿许得无限大，我们手拉手也成舟，划过悲伤河流。"这是《时间煮雨》，我们当年在南京唱过。用"唱"形容似乎不妥，我们更像是在用声音刺穿时空。我也吐出口香糖，轻轻哼唱："我们说好不分离，要一直一直在一起，就算与时间为敌，就算与全世界背离……"

在我即将唱完时，潘璐突如其来地吻了我。在人潮汹涌的电影院里，在大庭广众之下。我完全没有准备，根本想象不到潘璐能这样大胆。她吻得被动，又吻得急切。汹涌压抑的情感，在这一刻陡然崩裂。我双手用力，舌头尝到了咸。

世界朦胧，融化在三点一刻。

无影绳

1

看到那座像罗马字母"Ω"一样的天桥时，廖原已不知道被蒋峰追杀了多久，他双腿发软，像迈步在云雾中。他气喘吁吁地回头道："你听我解释，事情真不是你想的那样。"蒋峰嘴角两侧肌肉一抬，似笑非笑地说："好，你停下来，我们谈谈。"听着蒋峰话中的阴森意，廖原哪里敢停，一咬牙一跺脚，拖着双腿就往天桥爬。好不容易爬到桥顶，他却猛地一个趔趄，身体失去了控制，头重脚轻地坠下天桥。看着越来越近的地面，感受着坠落速度越来越快的失重感，他忍不住"啊"的一声惊呼，结结实实摔在了……地毯上。

原来是梦。

廖原抹去头上的冷汗，在床头柜上摸过手机，用指纹解锁，才凌晨五点。他轻轻地喘口气，刚刚小心翼翼地爬上床，便听若水迷糊地问："怎么了，做噩梦了吗？"廖原愣了一下，说："没有……就是一不小心掉下去了。"若水靠过来，伸出一只手抱住他："大坏蛋还真是不小心。"她声音虽轻，又略有些鼻音，听起来满是没睡醒的慵懒，但依然掩饰不住那浓浓情意，像极了宠孩子的妈妈看见刚会走路的孩子摔倒时那种温柔责备。廖原心中五味杂陈。

一个问题也浮了出来，走还是不走？这个点大家应该还没起床，溜走指定不会被发现，回自己房间说不准还能睡个安稳的回笼觉。可是，廖原又实在不忍心开口。不知道为什么，每次离开若水房间时，看着她那下垂的眼皮，他总有一种在她心上又划了一刀的错觉。他犹豫再三，还是伸手揽住若水的肩膀："睡吧，睡吧，还能睡一会儿呢。"若水闭着眼，甜甜地笑了一下，鼻息慢慢规律起来。廖原也闭上了眼睛，却怎么也睡不着——他该怎么和张义、李奇和郭耀他们交代，他和若水在一起了呢？

张义、李奇、郭耀都是廖原的大学舍友。那时廖原整天和他们混在一起，结伴上课、打游戏、看电影，就像家人一样。而廖原和蒋峰更是"连体婴"般的存在。每晚熄灯后，他俩都会谈起只在书里见过的爱情，兴奋、期待，几个小时不眠不休。但对那时的廖原来说，爱情还是遥远的幻影，不知道什么时候才能遇见。他单纯地认为，蒋峰也是如此。但他想不到的是，毕业那天，向来不喝酒的蒋峰居然连喝了三瓶啤酒，然后红着脸，抱着张义莫名其妙地大哭起来，最后甚至激动地伸出右手，一拳把酒店板墙捣出一个窟窿。李奇心虚了，拽着大家赶紧结账跑路。可走到过街天桥时，蒋峰突然身子一歪，躺在了天桥上，嘴里还说着不知道是梦话还是醉话的絮叨："若水，我喜欢你。"

什么，蒋峰喜欢若水？这怎么可能呢？若水一向冷冰冰的，从不和人搭话的呀！廖原他们感叹之余，并没有把这件事放在心上，已经要毕业了，这些事也都不算事了吧。可廖原没想到，仅仅一个月后他就收到了噩耗——蒋峰在包头，若水的老家，坠桥而亡。一定和若水有关！大家都这样想着。可等他们赶到包头，若水却"恰好"出国，怎么也联系不上了。从那以后，若水成了大家酒后必骂三遍的大仇人。

廖原心里犯了嘀咕：唉，要不是半年前公司向互联网企业转型，自己就不会调整到综合能源服务公司，也不必参加这一季度一次的发布会，不会与若水重逢，更不会无可救药地爱上她。不知道是该庆幸还是该感到可怕，虽然相熟才几个月，却像朝夕相处了一个世纪，常会不约而同说出同一个词语，一个眼神就知道对方想什么，这大概就是自己当年和蒋峰一起期盼的爱情吧。蒋峰他会怪我吗？半睡半醒间，廖原一阵莫名心慌，像是一切都不存在，坠入虚无的黑洞，又像是丢掉了自己最重要的爱人，在绝望的谷底徘徊。那感觉如此真实，他竟周身发冷。他猛一个转身，像是要证明什么，紧紧把若水裹在自己身体里。若水怕是有些吃痛，下意识地低吟，大概在说"太紧了"，人却往他怀里缩了缩，像个拼命要挤入主人怀里的家猫。廖原似乎从肌肤相亲中找到了真实，恐慌的感觉才有所缓解。这时，他才发现，自己竟在轻轻颤抖。

若水嘤咛一声，身子动了动，也许是又一次被他惊醒。廖原心中涌上怜惜，轻轻地爱抚她的额头。若水眼睛似睁未睁，睫毛一闪一闪，嘴角露出略带害羞的笑意，撒娇地说："干吗？"廖原不说话，作势吻她。若水娇笑着闪躲，用手推开廖原说："我先去洗漱。"廖原迟疑一下说："不用了，我差不多得出去了，时间不早了。"若水"哦"了一声，声音中充满失落。廖原心像被针扎了一下，还是翻身下床。

若水看着更衣的廖原，似是下了什么决心，清脆地说："哎。"随后，脸微红，欲言又止。廖原明白，她一定想说那件事，他岔开话题："你这声'哎'让我想起上次发布会，我抱你时一个没站稳把你压倒在床上，你当时就是这么抗议的，结果，我不仅没被吓倒，反而……"

若水扔过一个枕头："停，这个事儿不许再说了。"廖原笑了，把枕头丢回床上，走到门口对着猫眼儿端详，视野里空无一人。他打开房门，小心翼翼地左顾右盼。很完美，过道里也一个人没有。他正要溜走，若水没头没脑地问："你相信我吗？"廖原不假思索地回答："我相信。"

2

张义在群里发消息时，廖原正在展台给赵东来布置事情。他打开手机一看，只见张义说"今晚到深圳，等着给我接风啊"，说完还连续@了他三次。廖原两道眉毛下挑，鼻梁上方挤出了一道深深的划痕，藏住了许多心事。看见他皱眉的样子，赵东来又多事地凑过来，问："廖经理，怎么了？"

廖原登时有些怕。他这个"经理"名义上听着不错，实际上他无权无钱，手下就赵东来这个刚毕业的愣头青。没经验倒是可以培养，廖原并不害怕。他怕的是赵东来这个人，他不仅长了一张像老虎一般的圆脸，人也虎头虎脑，总爱不合时宜地挤到人群中，吹牛侃大山，弄得大伙下不来台。若水就曾抱怨地说过："你那个赵东来，真是个人才，我明明三番五次婉拒了，不知道他是头脑不好还是脸皮厚，就是要加我微信，搞得我很尴尬，最后我都开始怀疑人生了。"廖原哑然失笑。

廖原头也没抬，目光茫然地停留在手机上，下意识地回答："哦，没什么，张义来了。"

赵东来说："张义不是你最好的兄弟吗，怎么感觉你好像不欢迎他来？"

廖原脸色难看起来，呛了一句："你是不是关心得太多了？"

赵东来这才一副问了不该问的话一般，"憨厚"地笑着，讪讪地离开。刚走几步，他又停下说："廖经理，有什么困难，你和我说啊。"

廖原嘴角一抽，冷冷地看他。赵东来终于走了。

廖原思索再三，走到若水的展台前，远远看着穿得像花蝴蝶一般忙碌着的若水。她已经三十岁了，岁月在她身上夺走了十几岁或二十几岁时的那种轻盈，却沉淀下更动人心魄的美丽。看着若水迈着像柳枝般摇曳、又如泰山般沉稳的碎步，廖原有些迷恋，也许是迷恋她身上那只有流转时光才可能带来的气质。好一会儿后，他拿出手机，想了半天才打出几个字，可很快又删掉重写，最后只用最简单的语言发了一条微信："我在你展台门口，你出来一下，有点小事。"若水看过短信后抬头搜寻，在与他目光交错时，浮现出了轻松而愉悦的笑意。她快步走过来，笑着说："干吗，想我了吗？"

廖原看着她眼里闪烁的神采，眼神下意识地闪躲，小声说："张义来了。"

若水问："张义？他怎么来了，你不是说他在设计院上班的吗？"

廖原说："这次正好有个新产品发布会，他推介的。"

若水深深地看了廖原一眼，说："哦，看样子，你还是不打算告诉他吗？"

廖原突然不敢看若水的脸。她太了解他了。几个月来，她已经能够从他微小的动作中洞悉他的所有，包括那些名为"善良"的软弱。他心里有些发闷，脸上也浮现出为难的表情，局促地说："你知道张义这个人，我如果第一个和他说，肯定要出事。"

若水拉着自己的衣角说："这还真是。你和张义性格差距那么大，你们怎么会成为朋友？"

廖原知道，若水是在给他台阶。不过他也的确会纳闷，他向来信奉头上三尺有神明，被条条框框限制，张义却大大咧咧，做事总是肆无忌惮，两个人的风格完全南辕北辙。再者，他打小儿是读梁祝长大的，觉得男女间的事就像梁祝一般唯美，偏偏张义眼中没有爱情只有女人。他怎么会和张义成为朋友呢？

若水又说："那《大护法》你也看不了吧？"

《大护法》？廖原心脏像是被金箍罩住，猛地一下收紧，痛得无法呼吸。他不愿去想却不得不想起，若水已经好几次期盼要和他看《大护法》，又生怕档期凑不上。当知道《大护法》首映就在发布会期间时，她像个孩子般激动得不得了，连续发了好几条语音，每一条都洋溢着满满的期盼。张义来得真不是时候。他想说些安慰的话，一时又找不到词语，只能干巴巴地说出完全不是安慰的话语："我晚上结束可能会很晚。"

若水脸色冰冷，说出的话像《英雄儿女》中坚守阵地的王成一样决绝："多晚我都不管，反正我一直在房间等你。"

廖原说了一声"好"，然后落荒而逃。

3

吃完饭时已将近晚上十点。

张义秉持了逢喝必多、逢多必乱的个性，吵着闹着要去足疗或唱歌。廖原心中苦笑，他不想把时间浪费在这里，但他见过张义酒后强搂女同事、当街纠缠过路姑娘等种种"壮举"后，也不敢把张义一个人丢下。他好说歹说，总算把张义劝回酒店。在旋转门前下车后，张义整个人软绵绵的，斜着靠在廖原身上，自顾自念叨："廖原，怎么样，今天哥们给力吧，那个赵总，和我是好朋友，有我在，你这单生意肯定能成。"话音刚落，张义一下站直了，用一副见鬼的表情说："哥们不是看花眼了吧，我怎么好像看到了若水？"

廖原看得清楚，进电梯的人的确是若水。她应该是刚看完《大护法》吧。他想起上次两个人一起看《加勒比海盗》的场景，若水几乎从头笑到尾，不时转头分享剧情，笑脸格外好看。今天，她是不是一个人静静地坐在漆黑的角落，像被施了定身术的落寞木偶？他努力压抑内心翻腾起的浪花，用并不自信的语言说："怎么可能是若水，你看花眼了，她还在国外呢。"

张义说："也是，那姑娘挺不错，指定不能是若水。"

"你不会又动了坏心思吧。"

"她要是若水，那指定不能。"说到这儿，张义扭头看看廖原，表情十分认真地说："你肯定以为哥们是个下半身思考的东西，但是我和你说，真的，我就是和世界上任何一个女人上床，也肯定不可能和若水上床。"

张义应该算是个"骗子"，说的话总是半真半假，酒后的话更是十句有七句是假话。偏偏，张义有时候讲得一副像煞有介事的样子，让人难辨真假。但熟知张义底细的廖原不会上当，他知道张义没有当师长的"叔叔"，也没有在省厅里的"伯伯"。而那个赵总和张义有多"朋友"，廖原心中更是有数。但不知为何，廖原竟然觉得张义这次说的事情是真的，他心脏猛地一沉，整个人像溺水一般难受。他沉默地把张义送回房间，刚要离开，只听背后飘来一句话："对了，我来之前碰到李奇了，他让我和你说明晚一起吃饭，你可别忘了。"

廖原莫名一震，拳头紧紧地握了一下。

4

从出租车上下来时，天已经黑透了。

廖原抬头看了看眼前的居民楼，忽然有一种错觉，这不是一栋楼，而是一个法庭，审判他的法庭。法庭在黑暗中显得有些模糊和扭曲，摇摇欲坠地迎面扑来，似乎随时能把他淹没在废墟之中。廖原心中有些慌张，不由得反复默念，进楼左拐是电梯，直接按最顶层，以此压抑内心里涌起的各种浮想。终于，他拖着沉重的行李走进正门，穿过昏暗的过道，乘上了看起来普普通通、实际上也普普通通的电梯。电梯开门的一刹那，一种别有洞天的感觉飞进廖原的脑海。两边色彩斑斓的壁画夺人眼球，淡淡的栀子花香也瞬间扑鼻而来，亮如白昼的灯光，更是让廖原觉得之前的昏暗都是他的想象。他忍不住嘟囔一句，李奇现在套路越来越深了，吃饭都搞得这么神秘。

推开门，如其所料，他是最后一个到的。昨晚廖原失眠了整整一夜，满脑子都在想怎么开口解释若水的事情，预演了无数遍剧情，可万万没想到开头就让他措手不及——他竟然在天快亮的时候睡着了，错过了预定的高铁！这真是一个黑色幽默。

李奇看到廖原之后，没有任何过多的热情招呼或者客套，只是随意地说了声："来啦，等打完这把牌，我们就开饭。"廖原知道，这本就是他们一贯的相处方式，这么多年兄弟，他们早已经不会为一些虚无缥缈的俗礼而烦恼，但他心中还是泛起了一丝波澜。不知道为什么，他总觉得和李奇的关系有了微妙的变化。蒋峰去世后，他们四个人合租了一个房子，每天下班后都一起吃饭一起打牌一起玩游戏。有时候，他们也会对酒当歌，回忆上课，回忆考试，回忆大学生活的点点滴滴，天真地以为，人生就会这样日复一日永远不变地过下去。

但事情永远不会和我们想象的一样。一切的怀念，都在后知后觉中开始。三年后，转折突如其来。"三集五大"改革，将他们推向了不同的地方。廖原去了"大建设"，郭耀去了"大检修"，李奇和张义则留在了原单位。起初，李奇对这个结果并不满意。他几次感慨地说他很羡慕廖原和郭耀，觉得他被埋没了。可事实上，李奇的好日子最快到来。他被公司安排参与一个重大项目的建设，项目投运后被提拔到县公司当副总，接着又在县里邂逅了初中时的班花黄嫣，没多久就和黄嫣谈起恋爱，人生初步圆满。而廖原兜兜转转，最终又在"三集五大"优化提升时，以专职身份回到市公司。这时的李奇已是市公司安监部主任。也许，从这个时候开始，廖原的心理不知不觉有了变化。

李奇终于打完了牌，招呼大家一起入座，廖原自觉地把主位让给了李奇。这时，他突然有些自嘲。以前小学时看《少年闰土》，他总以为自己是迅哥儿，现在发现，原来自己可能才是那个被生活摔打的闰土。张义和郭耀看起来倒并不拘束，也许是因为张义没心没肺、郭耀早已离开公司的缘故吧。他转头看看郭耀，总觉得这个人应该和自己一样失落。毕竟，大学时候郭耀是系学生会主席，人帅成绩好，工作后也是第一个走上专职岗，女朋友更是没断过。可惜，虽然郭耀情商智商一流，但是有些恃才傲物，总是撂挑子不干，几次错失提拔良机，最后竟因为酒驾被公司开除。后来，他在国内外几个知名的设备供应公司跳来跳去，也一直没什么太好的发展。就这样，曾经同一起跑线的四个人，经济状况已截然不同。李奇是最好的，两套房在手，收入也十分可观。张义虽然职位没变化，收入终究随着年限水涨船高。廖原业绩略差，好在也及时出手买了房。郭耀最惨，不仅收入微薄，而且一直没买房，开始觉得房价"虚高"，后来大涨后再也买不起。而那些女朋友，也没有一个和他走到最后。

廖原心里有些酸酸的。改革是公司做大做强的必然选择，但改革也总会有牺牲品。他就是这个牺牲品。但是又能怎样呢？胜利者是不受任何谴责的，失败者没有任何借口。他和李奇、黄嫣碰了碰杯，决定还是等业绩变好，提拔进步之后再说若水的事。

5

廖原坐上出租车。

他说："师傅，你到前面红绿灯调头，然后到第一个红绿灯再调头，再停到这个酒店门口。"师傅扭头看了看他。廖原没有理会，给若水发了微信说："你可以出来了。"

若水左顾右盼，快步上了车，满脸不高兴："我们还要这样偷偷摸摸多久，真有必要吗？我看到熟人都觉得抖。"廖原递过一杯奶茶，小声解释："不能让大家知道啊，大家知道了，赵东来就知道了，那张义他们也就全知道了。"若水接过奶茶，还是不依不饶："你说我是你女朋友这么困难吗？你要是觉得不好解释，我帮你解释。"

廖原没办法，只好用撒手锏。他说："你又像大学一样了啊，你知道你那时候多不讨喜吗？说起来，我有时候真的迷惑，根本没办法把撒娇的你，和当年冷若冰霜的你画等号。"若水笑了，说："我那个时候就是不知道怎么和大家交流，我爸爸从小管我管得严，我真的觉得我和男生玩我就不是好女孩。"突然，她头微微放低，嘴角也抿了起来："所以，我就不知道怎么和男生打交道，也许就是这样，我才没有处理好蒋峰的事吧。"

廖原想象那个画面。一个年轻的姑娘，已经收拾好行李，静静地等着晚上去机场，却接到同学的电话。她并不知道这个男生喜欢自己，只是觉得见一面也无妨。谁能想到，这个男生在知道她要出国时，陡然变得狂热，说喜欢她，希望她留下来。这当然是不可能的。不管现在出了什么变故，她也不可能留下来。她只能半是惊惶半是无措地说明，如果男生是在大学里表白，她或许也能答应，可现在她要出国了，她没办法接受男生的感情，但是她很感谢男生喜欢她。她以为这样的说明是诚恳的，也许是奏效的，但她没想到，她的说明只换来男生更多的狂热，他冲过来就抱她，说他已经等了几年，再也无法等待了。她很慌张，反抗之中打了男生一巴掌，说没想到他是这样的人，然后匆匆逃跑。她当时很慌张，拎行李箱时甚至差点摔倒，来不及审视自己的话。直到上了飞机之后，她才觉得自己似乎有些过激。但她也想不到自己冲动之下的语言，会如此深地刺激这个敏感的男生。她以为这个男生会调整好自己，可她却在英国读书时，知道了蒋峰自杀的事。

廖原是同情若水的。她其实就是一个受害者啊。即便是情急之下，她也没有冷嘲热讽，只不过是逃跑而已呀。可是，张义他们能接受吗？他们一定会说，世界上那么多女人，你干吗一定要选若水？他叹口气，抓着若水的手下了车。

一进房间，若水如倦鸟归林，廖原笑着和她亲昵。铃声陡然响起，原来是若水的父亲。若水伸出一个手指放在嘴边，做出"嘘"的手势，然后接起电话："到了，到了，爸你放心……啊，没和你说？哎呀，刚刚太乱了，还没来得及报平安嘛……廖原？哦，没和他在一起，我真的刚到……我会注意保暖的，放心吧，我早长大了……"

廖原内心一阵冰凉一阵火热。他拿起水壶去水龙头接了水，然后站在水壶旁静静地等水烧开。他有理由在这儿等，若水不喝酒店里第一壶烧开的水，总要他烧开后重烧一壶。但廖原知道，他是在逃避。纵然背后没有长眼睛，他也知道，有个女人此时正对他投以歉意的眼神。他不怪若水，他知道她很为难。那种他和蒋峰期待的梁祝，总会在现实面前变得复杂。所以应该怪他吧？可他也不是不努力啊，他也像个尽职的老马，风里雨里踏破了几十家单位门槛，可就是收效甚微。他好像陷入一个漆黑山洞，四处奔跑，只撞得头破血流，却找不到出口。

有人从背后抱住他，仅凭那温柔又熟悉的触感，他就知道一定是若水。他不知为什么，眼泪一下流了下来。他回过头抱着若水，像是告慰自己一般地说："我真的努力了啊，真的努力了。"若水没有嫌弃他突如其来的软弱，而是也红着眼眶，紧紧抱着廖原说："好啦，好啦，乖，不哭了，我们……运动吧。"廖原像个孩子一样点点头。

在零距离的紧密结合中，廖原看着她红如染樱的俏脸，感觉到前所未有的满足和安定，但一种混合着歉疚的莫名情绪也涌了出来，烧得他心脏疼痛无比。他低声说："总觉得很亏欠你，我都没怎么给你买礼物，你却给我买了几千块一套的护肤品。"若水眉毛向上一挑，呈现出好看又柔和的曲线，用手摸了摸廖原的脸。廖原被这样的温柔抚慰着，渐渐地平静下来，但依然略带犹疑："我还是不习惯变成乙方，我能扩大'朋友圈'，在公司打造能源互联网新商业链中证明自己吗？"若水灿烂地笑了，用温暖和信任的眼光看着廖原说："那当然。我相信你是最好的，你肯定能行。"

这样的简洁明快像是给了廖原无穷力量，他许下承诺："好，等我有业绩，你辞职来南京，我给你买好多好多礼物，我们结婚、生孩子。"

若水微微皱紧眉头，双手死死地缠住廖原的腰，眼里闪闪发亮。

6

已经酒过三巡，每个人脸上都带着返璞归真的红润。这红润与白天一直伪装的面具堆叠，在烟雾缭绕中交织出神奇的话剧。看着大家热火朝天地勾肩搭背，互相称兄道弟，廖原突然觉得有些虚幻。他用力掐着自己的大腿，想要仔细分辨，他被提拔的事到底是真实的，还是只是一场梦境。

疼痛还是真实的。

那已经醉了必然也是真实的。好吧，既然醉那就醉到底。今天是他的庆功宴，他注定得多喝一点。他端起酒壶，准备站起身，走到总经理马瓒面前敬酒。马瓒似乎是能未卜先知，在廖原刚起身时，已端着小酒杯同步站了起来，说："小廖啊，你可以的。真想不到，你的业绩居然能占到公司业绩的40%。你可以的，真可以的。你放心，跟着我混，我不会亏待你的，不会亏待你的。只要业绩明年还能保持住，明年，你肯定继续进步。"

廖原看着红光满面、舌头已经开始打结的马瓒，知道所谓的

"继续进步"不过是马赞画的大饼而已，但他还是毕恭毕敬地点点头，说着感谢领导栽培之类的话语，将大半壶酒，一口灌进喉咙里。一股火焰，顺着食管钻进了胃里。一种欣快和一种悲伤油然而生。他想起了那些奔跑的日子，想起了若水那些为难的表情，想起了无能为力的自己。

散场后，有同事约廖原一起回家，也有同事约他找个地方喝点啤酒，廖原都一一谢绝。他在酒店大厅坐了好久，才摇摇晃晃地走出去。寒意迎面而来，又是一个冬天了吗？看着被灯光拉长的身影，廖原有些恍惚。多少次，他和若水就是在路灯下手牵手，走过好几个路口。他停下脚步，在台阶颓然坐下，不灵活地发了朋友圈："我没有喝多，我没有哭泣，我没有想你。"

一年前的冬天，路灯带走了陪伴他的影子："我们结束吧，不想说什么借口或理由，你可以把错归我头上。"

这种通过微信提出的分手，真是一点真实感都没有。他至今还有种错觉，错觉某天早上醒来就能听到若水说："大坏蛋，起床了，起床了！"错觉某个晚上能够听到："晚安，我才不想你！"但是，分手又有很多实感。那是无数无数空白。那些喜欢的哈哈大笑，他再没听到过。遇到好的不好的事情，看到感兴趣的图片、链接，想吐槽或分享时，他却发现早已无人可发。他有时也会尝试发消息给若水，期待会得到"哈哈，笑死我了"或者"乖，不哭不哭"之类的回答，但实际上他得到的永远是不变的回答：消息已发出，但被对方拒收了。这时纵然世界再热闹，他的内心仍然是一片死寂。他顾不得行人侧目，自顾自地放声歌唱："而那些昨日依然缤纷着，它们都有我细心收藏着，也许你还记得，也许你都忘了，也不是那么重要了。"

路人像看疯子一样看着他。

7

车载音响播放着《龙卷风》，歌声与雨刮器刮雪的声音琴瑟合鸣。

廖原第一次后知后觉若水真的离开，是分手后的第三天。他无数次拨号，只有单调的占线提示音回答他。廖原大致明白，自己的手机号也被若水拉进了黑名单。但他仍抱有期待，也许若水只是一时生气，也许等圣诞节送了礼物就能和好。他每天下班后都坐在电脑前，用几个不眠之夜，将过往点滴制成视频。他用布满血丝的双眼反复审视，觉得大功告成。每当马斯卡尼《乡村骑士》间奏曲响起，他都被深深地温暖。他用邮箱，这也许唯一还能够沟通的方法，将视频发给了若水。每一天醒来他都充满期待，每一天睡前他都充满失望。终于，元旦那天他终于醒悟，若水已经走丢在时间的迷宫里。他抬头看着天空，冬日清冷的阳光竟如此闪耀，深深地刺伤他的双眼。

廖原开始整日整夜的失眠，只有喝醉时才能有片刻休息。他三天两头找赵东来还有张义喝酒，美其名曰"团建"。他次次都醉得人事不知，任由赵东来这个愣头青扛他回家。他努力不去想若水，又忍不住想知道她的点点滴滴。他几次找理由借过赵东来的手机，偷看若水的朋友圈。朋友圈里的若水似乎没受任何影响，显得开心，也在期待新生活。他像是被人割去了肋骨，伤口总是隐隐作痛。颓废的气息，全然笼罩在他的周围，构成严丝合缝的枷锁，整个世界只剩下了灰色。他不会笑了。

手机铃声打断回忆。廖原刚接通电话，郭耀中气十足的声音传来："到哪里了？你这进步之后骄傲了是吧，李总大婚你都迟到。"

是的，李奇已经变成了"李总"。他现在虽然只是 J 省供电公司省管企业的副总，级别并不高，却掌控整个销售链，业绩做得有声有色，在公司里很有话语权。半年前，借助产业集团招聘的机会，他把郭耀带进公司。从此，人前人后，郭耀只喊李奇"李总"。廖原笑着赔不是，又陷入往事。他记得那是大年二十八，为睡个好觉，第二天能平安开车回老家，他又拉着赵东来"团建"。他照例是喝多，出租车的摇晃让他胃里上下翻滚。他强忍着没在出租车上失去控制，但一开家门，他就狂吐不止。他找来拖把，清扫地面，又来到洗手池擦了把脸。他不经意地扫了镜子一眼，惊讶地发现，他的额头竟然有了若隐若现的皱纹。我这是多久没照过镜子了？他回忆不起来。他仔细端详，他胖了许多，头发少了许多，人明显变得"油腻"。若水会不会已经不再认识他了？他是不是再也不会被称呼为"可爱的大男孩"？若水是不是再也不会回来？他突然全身没了力气，把头埋在洗脸池，趴了很久很久。

不知不觉到了目的地。

廖原推开车门，刺骨的冰冷迎面涌来，他不由自主地往衣服里一缩，顶着风费力撑开伞，伞下形成一个封闭空间，把他与世界隔绝。孤独感油然而生。若水此刻在哪儿？她那儿也下雪了吗？求求大雪你告诉她，我很想她。廖原继续往前走，沙沙的响声像是对他的回答。

婚礼前夜需要守夜。宾客走后，廖原几个人留了下来。房间开着空调，但似乎还是有些冷。李奇和大家聊了一会儿，突然大手一挥，带着廖原几个人去隔壁澡堂泡了澡。更衣后，张义说："你们这儿真落后，享受不到高端的服务。"

郭耀说："这样还不满足吗？别说扫兴的话，害得大家索然无趣，李总，你说是不是？"

这是踩一捧一。廖原心中有些说不出来的感觉。他自己是个中庸之道的践行者，有时候低头还能理解，可郭耀一直是个刺头啊，一直是倔强地对抗世界的人。怎么说变就变了呢？哪怕是廖原自己，他也一直是沿袭着"老李"这个称呼，而从不喊"李总"的呀。他不经意抬头看了一眼郭耀，却发现郭耀也正好在看他。廖原像是做坏事被发现了，如被火刺痛一般，迅速地收回了视线，脸也烧了起来，有点不自在。李奇却似乎早已习惯，接过话来说："某人每次最烦了，总是担心这那的，你们说某人是不是故作清高？"廖原说："你们够了啊，不带指桑骂槐的。"李奇三个人笑作一团，廖原也合群地笑了。

8

又到大年二十八。回老家前，廖原照照镜子，又一年过去，额头上的皱纹已变得愈发明显，他居然不再担忧，觉得这样显得成熟。我是疯了吗？看样子一定是疯了。

老家房子是个带院子的三层小楼，是三年前在廖原的坚持下重新翻盖的。当时廖原爷爷关节炎已发展到末期，整个人瘫在床上无法走动，而奶奶年纪大了，照顾爷爷也不方便，廖原便撺掇父亲把房子翻新，让父亲搬回来住。反正老家离县城也没多远，骑个电瓶车十几分钟也就到了县城，不影响父亲的正常社交。但即便如此安排，廖原还是期待爷爷有朝一日能站起来，像从前那样走到村边桥头，打纸牌，或者和乡亲们下象棋。可爷爷终究没能实现廖原这个愿望，在房子将落成时过世了。廖原很难过，幸好那时有若水一直在微信上安慰他。

父亲早在门口等候。总比同龄人显得年轻的他，额头竟布满深深的纹理，似无数蚯蚓攀爬。廖原心中猛地一震。一直以来，他印象里的父亲还是那个小时候扛着他到处走，知道自己被欺负会来学校指着同学威胁的人，以至于他都忘了父亲也年近六旬。父亲老了，能不老吗？他都已有了皱纹。时光没饶过任何一个人。

父亲没有像预想一样，说着"你怎么还不结婚""抓紧生个孩子吧"之类的话，只是沉默地和他一起拎年货。廖原就这样往院子里走，正看见奶奶佝偻着身子，迎在堂屋门口。这就是我的奶奶，质朴的奶奶。廖原想着。她不怎么会说话，也总是羡慕廖原外婆，因为外婆"能说会道"。可奶奶虽然木讷，但廖原知道奶奶很爱他，因为她总把好吃的留给他。看着奶奶颤颤巍巍的样子，廖原眼眶有些湿润。他向前快速走了几步，握着那曾帮他洗衣服刷鞋的起皱了的双手，一起走进堂屋。父亲放下行李，用力地甩动了几下肩膀，然后才说："先休息一会儿，我们去你外婆那儿，把你妈接来一起吃饭。"廖原内心被拨动一下，明白父亲半年前骑车摔伤的胳膊此刻还是不太灵光。他心酸地说："不用休息，现在走吧。"

外婆住在舅舅家。廖原把后排座椅上的年货递给舅舅，在妈妈指引下走进内屋。外婆躺在那里。她看着廖原，眼睛转来转去，充满对未知的好奇。舅妈大声地说："妈，原原来看你了。"外婆恍若未闻，依然是那副孩子般懵懂的样子。廖原眼眶红了。外婆是个老党员，每次看见廖原都念叨，你什么时候入党。廖原总说"我在争取"。他几个月前入党了，外婆却再也无法知道了。"能说会道"的她得了老年痴呆，只能躺在床上，靠胃管生活。廖原从外婆的手摸到肩膀，发现外婆骨瘦如柴。外婆还能活到下一个过年吗？廖原心里完全没底。虽然形式不同，但若水、爷爷、外婆实际上都已无可争议地离开了他。

9

过年有些无聊。

只有读书才能打发。

读着读着竟有些想他。

面前的《麦克白》，曾是自己推荐给廖原的。当时，还给他百般科普 *Sleep No More*，说这部沉浸式戏剧就是源自《麦克白》，他们约好有朝一日一起去看。可是，没等到去看，就分开了。

"水水，来吃饭了。"母亲的招呼打破沉寂。若水把书放下，趿拉着拖鞋走到饭桌前，接过父亲递来的筷子，撅起菜。父亲似是漫不经心地问："过年也不出去玩吗？"若水心里咯噔一下，想着既然来了，还是选择了一个最安全的答复吧："平时工作忙，过年在家休息休息，正好陪你们。"母亲说："有你陪当然开心，可你不需要见见朋友吗？"若水说："没什么朋友可见啊，大家都忙着过年嘛。"

父亲脸上浮现温柔的笑容："你都老大不小了，该结婚了。那个廖原，你们还联系吗？我前两天听人说，他最近干得不错。我以前也不是拦着你，只是怕你吃苦，也不想你离我们这么远。现在，我也想明白了，其实这小伙子不错，上次他的中药还治好了我的咳嗽。只要你喜欢，我支持你们。"

若水仿佛是没听到父亲的话，默默地吃着饭。父亲不知道，可是她是知道的。那药根本不是廖原买的，是她找同学买了后，用廖原名义送的。可是，这么有力的反驳，她为什么不实话实说？母亲着急地说："听见没，你爸和你说话呢。"若水不知为何，火气一下子上来，筷子一放，大声地说："你们早干什么了？当初嫌他穷，说不可能的是你们。如今，说可以的还是你们。我和他没可能了。和你们没关系，就是不爱了。你们以后别提他，再提他我就离家出走。"

饭桌瞬间变得沉默，空气里似乎也有结冰的气息。若水说完有些后悔，她刚刚都不知道在生谁的气，就是一股无名火猛地燃烧，让她忍不住冲父亲发了火。她似乎想到了什么，对，是廖原落寞的脸。她想开口说些什么，最后却只是低下头，一口一口吃起碗里的饭。父亲像是被从最不可思议的角度捅了一刀，愣了半晌，一句话也接不上。倒是母亲小心翼翼地问："真的没可能了吗？你们以前特别好。"若水脸上布满忧伤，一字一字地说："以前是以前，现在是现在。"

吃完饭，若水把房门反锁，躺在床上拿起书，竟一个字也看不进去。

"你还没去舟山买药？"

"这几天一直在跑业务啊。"

"呵呵，你不用买了，你去忙你那没起色的业务吧。"

"我跑业务还不是为你？"

"呵呵。你知道父亲多反对我们吗？"

"所以我才要跑业务啊。我不知道为什么，你最近总对我不满意。我不管说什么，你总会说你开心就好或者是呵呵。每次听到这两句话，我心里都特别堵。"

"我心里就不堵吗？我感觉，一个人在努力的我，就像个傻子一样。"

"我也在拼命努力啊。"

"呵呵，你开心就好。"

"啊啊啊"，若水无法再回想下去，她大喊几声，双手拿着书用力摔几下，才从逼疯人的烦闷中平静下来。那段时间就是这样，一直在地道里攀爬的她，像陷入敌军的重重包围，而唯一的援军却总是"等一等""缓一缓"，让她疲惫而没有安全感。终于，在收到礼物那一刻，她像个孩子般哭了。原来，廖原离她很远了，各种意义上的远。

他是不是也遍体鳞伤？他不喜欢听"呵呵"，也不喜欢听"你开心就好"，可是，那些防卫的盾却以"保护"的名义，变成锐利的矛，一次又一次轻车熟路伤害着他。事到如今，她和廖原还能回头吗？还会像最开始那样有无数话题吗，还是，像最后这样，每句话听起来都像吵架？甚至，连吵架都没有，只是尴尬地发现，彼此早已无话可说？若水如坠冰窖，刚点起的火苗全部被残酷地浇熄。她翻过身，把头埋进枕头里，肩膀一耸一耸。

若水心想：等《夏目友人帐》和 *Sleep No More* 上映，有机会去看吧，我一个人。

10

廖原是早晨到的雨花台。

送上花圈，他伫立很久，有些事就在沉默中放过。突然，他听到一声惊叹。他转过身，只见郭耀拎着花篮走来，两个人静静地站了许久。临走时，郭耀约廖原吃饭。廖原说："要不约张义和李奇一起吧。"郭耀说："就咱俩吧。"廖原停顿了一下，说："好。"

两个人找了一个小酒馆，一边喝酒一边回忆青春。郭耀毫无征兆地说："我知道你看不起我。"廖原心里一个机灵："你说什么？"郭耀说："你不用掩饰，我知道你看不得我向这该死的世界投降。你知道吗，虽然我们是兄弟，但是你也不懂我。"廖原昏沉的双眼变得清澈，他刚想说什么，却被郭耀打断。郭耀说："我闭着眼都知道，你肯定觉得我失恋，所以才找你喝酒。"廖原没有答话。李奇是最先搬出宿舍的，后来张义也搬走了，只剩他和郭耀又单独住了很久。郭耀每次失恋都会约廖原单独喝酒，这似乎成了习惯。他确实以为郭耀又失恋了。

郭耀说："你知道吗，当年高考，我是全县前十名。四千名考生，我是前十名，是不是百里挑一？当年，我父母多骄傲啊。"

何止高考，大学里谁有郭耀闪耀？他是辅导员信赖的小帮手，同学们信赖的大哥哥，好多女生暗恋他，连廖原也觉得和他做室友很荣耀。郭耀举起酒杯一饮而尽，说："谁能想到有一天，我会这么惨？你还记得吗，三年前，在即将要过年的时候，我们一起吃过一次饭，当时，所有人都兴高采烈，说着年终奖、说着成就，只有我虚长一岁。"

廖原回想起来，那天，在灯光阴影里，确实有一个人一根接一根地抽着烟，脸上写满与年龄不相称的沧桑。没有人知道，那天，郭耀的自尊还在倔强。没有人知道，郭耀受到排挤，这次却忍气吞声没跳槽。没有人知道，郭耀母亲为多赚一点钱补贴她不如意的儿子，铤而走险搞传销。更没人知道，那天，是郭耀母亲被抓的日子。大部分人都交了保释金，一个一个放了出来。只有他拿不出一分钱，只能让母亲在看守所过年。多少次，郭耀探望母亲，母亲都说："儿子，没关系，我在这儿挺好，你看，我帮别人值夜班，一班赚二十块。"多少次，母亲一直宽慰他："儿子，我相信你，你是最棒的，总有一天你会出人头地。"母亲一直相信她的儿子。直到那天，她突发心脏病，走在沧桑岁月里。

我今天，算出人头地了吗？

郭耀说："这事只有李总和你知道，我连我爸都还瞒着。你可千万别告诉张义，这哥们是大嘴巴。"他平淡地陈述，仿佛在说别人的母亲，廖原却分明看到，有晶莹的光芒在郭耀眼角闪烁。郭耀说道："我曾经很骄傲，但是我后悔了。如果能换母亲健康，我愿放下所有无谓的自尊。现在，我最后的一丝骄傲，是永远不哭出来。"

廖原仿佛能感到无尽悲伤，也感觉一巴掌打在脸上，简直如梦初醒。郭耀继续说道："不想说什么借口或理由，你可以把错归我头上。"把错归你头上吗？廖原心想：明明都是我的错啊。接着，廖原端起酒杯，狠狠地浇在了自己头上。

11

廖原调任北方地区负责人，常驻北京。

北京的工作是忙碌的，不，不止北京，每换一个工作岗位之初，廖原都觉得有一种透不过气的感觉。可纵然如此忙碌，每个晚上，当他卸下重担，疲惫地躺在床上时，记忆防线仍然是处处决堤。一块块凌乱锋利的记忆碎片，如同一只只老鼠，在心里流窜啮咬，留下疮痍满目。苦闷、酸涩、烦热的情绪，如同一道道绳索，将他的心脏勒紧。如果注定是这个结局，多期望想你时都说了"我想你"。如果注定是这个结局，多期望恋爱期间，我们快快乐乐，没有纷争和猜疑。如果注定是这个结局……

三个月后，廖原去包头谈判。越靠近酒店，廖原越觉得周围环境是那么熟悉。是的，助理给他定的酒店，就是他以前常来看望若水的地方。虽然酒店换了名字，但布局一如往昔。每看到一个熟悉的场景，一个与相关的回忆碎片，就不受控制、凌乱地出现，感伤也随之涌上来。走进房间后，廖原放下行李，下意识地烧起一壶水，然后倒掉重新来过。等待第二壶水烧开的间隙，他陡然想起，这曾是若水的偏好。

　　这次的谈判很撕扯。对方负责谈判的陆婧，名字很温婉，为人却非常强势，在很多地方狮子大开口，让谈判几次走到崩盘边缘。廖原打定主意，如果下午磋商再不成功，他就打道回府。可事情竟然离奇地出现了转机。下午谈判时，陆婧突然松口，在很多关键点上做了让步，让合约得以达成。当然，在廖原内心，那些让步本来就不能被称为"让步"。

　　庆祝酒会上，廖原去敬酒，笑着对陆婧说："陆总你这个转变很可爱。"陆婧笑着反问："四十岁的女人还可以用可爱形容吗？"廖原说："那当然，美丽的女人无论何时都可爱。"陆婧眼眉上扬："谈判时你可是咄咄逼人，现在学会恭维人了吗？这次谈判，你得感谢我男朋友。"男朋友？廖原直觉有故事，可任他怎么追问，陆婧都笑而不答。廖原也一直无从得知，生活总要留下一些谜团的吧？廖原想。

　　不知道是喝酒的原因，还是谈判成功如释重负，抑或是这里是若水的家乡，廖原觉得浑身的细胞都变得寂寞。想着第二天就要离开，他有些睡不着。他记得就是在这个酒店里，若水泪痕未干地告诉他："等你的时候我又看了一遍《夏目友人帐》，还是好感动。这动画总是能戳中你心里很柔软的地方。这个动画要是有电影版就好了。"他也用力抱住若水，自信满满地许下诺言："到时候一起去看哦。"

　　廖原苦笑一下。以前和若水约定过的很多事情，无论是一起看《夏目友人帐》电影，还是每年吃一次火锅，最后都没有实现。再怎么约定，等到电影出的时候，他和若水已经分手了。但《夏目友人帐》里说了，只要有想见的人，我们就不是孤单一人。所以，当初观影时他并不孤单吗？

他暗下决心，等 *Sleep No More* 再来中国上映，他一定要去看。

12

这是久违的回南京之旅。

廖原看着窗边平稳站立的一元硬币，仔细想了想，一年多来，除了李奇孩子满月酒那次，这应该是第二次回来。时间就在忙忙碌碌中，不知不觉地流逝了，比高铁的速度还要快得多。若不是日历无言地说明了一切，他简直不敢相信，他和若水分手已经四年了。

飞驰中，高铁钻进了一座大山，黑暗笼罩了窗户。廖原一下子变得郁郁寡欢。已经这么久了啊，若水是打算与他老死不相往来了吗？他和若水之间看起来没有任何交集，是不是永远无法相聚？他看着黑漆漆的山洞，有些失落。突然，一缕阳光投射进来，一瞬间温暖了廖原冰冷的内心。原来，高铁已经穿过了这个看似漫长的隧道。廖原瞬间变得释然，纵然现在看不到一丝希望，但总有一天，他和若水还能相见。至少，他们还缺一个好好的道别啊。

廖原没有带任何行李。他这次回来有着非常简单的双重目的。首先，是参加郭耀和刘梦舒的婚礼。廖原去北京前，他见过这个刘梦舒，说不上漂亮，但有家的感觉。他当时就隐约觉得，也许郭耀和她能成。参加完婚礼，廖原又去了第二个目的地，医院。半个月前，张义确诊了肺癌，晚期。看见廖原来，张义很高兴，刚要讲话却咳嗽不停，最后只是悲哀地说："我是不是要死了？"

廖原想说些什么话来安慰他，又觉得说"你会好起来"之类的话太过虚伪。他上前一步，抱着张义说："我会想你的。"张义眼眶一红："能看到你来，太好了，还有，你那别扭的性格能不能改一改，能不能像我一样，像个男人？"两个人笑了，最终却哭了起来。

出了医院，廖原一路小跑回自己的住处。以前每当想念若水的时候，他就会跑步，然后告诉若水，这是我在想你。和若水分开后，他也偶尔会在想念的时候，假设他在用跑步和若水说晚安。跑着跑着，廖原突然笑了。跑步也好，喝奶茶也好，热水烧两遍也好，那些看得见看不见的影子说明，他的血脉里融入了某些甩不掉的纪念品。

"帅哥，停一下。"一个声音传来。又是各种推销、理发、健身？廖原步履不停。声音主人仍然在做最后努力："特价票甩卖了，*Sleep No More*，原价九百六，现价六百六。"

Sleep No More？廖原停下脚步，买了所谓特价票。《夏目友人帐》已经自己一个人看了，这个也只能如此吧。廖原一边失落地想着，一边到了表演酒店。一切都是固定的流程，排队、存包、取扑克牌，当然少不了戴上白色面具，当一个全程不能说话的"幽魂"。剧场里全是人。看样子，尽管好几年没来中国表演，这剧依旧很火。忽然，廖原被汹涌人流推搡一下，重重撞到后方的人，对方立刻"哎"了一声表示抗议。

原来是个女人。

廖原赶紧转身，条件反射地说"对不起"。只见对方身形定了定，似乎是怔住了。廖原略感奇怪，仍转回身。刚要迈步，他如遭雷击，整个人微微颤抖。那"哎"的一声是多么熟悉，那不就是不褪色的记忆吗？拥挤的人群不见了，歌剧声也听不到了，眼前的一切似乎变成了海市蜃楼，他好像闻到了绿洲上的花香，看到了蝴蝶飞舞。虽然没什么道理，他猜，她还在那里。

他摘掉面具，像个流泪的蝴蝶，缓慢地转身。

仲　夏

罗文斌

消毒水味、白大褂与白墙，这确实是医院的标志。金属门外，罗文斌木然地坐在租来的轮椅上，恍如做梦。昨天，父亲听说他腿受伤，非要到市区来看他，他还百般阻拦，说不过是个小伤，养几天就好。现实却狠狠给了他一记耳光。

滑膜肉瘤。

一个完全没听过的名字。他打开百度，输入关键字搜索。"一种青少年和青年人中常见的恶性肿瘤，超过90%发生于四肢，约有一半病例会出现远处转移，多转移至肺部，早期通常为无痛的肿块……"他越看越心如死灰。

怎么会这样？他不过是，为了减掉胖起来的肉，在小区慢跑了两圈而已，肌肉拉伤或撕裂，已是他能想到的最坏结局。怎么会是肿瘤呢？肿瘤不都长在大脑或者五脏六腑吗？怎么肌肉里也能长出这种要人命的坏东西？

　　吵闹声把罗文斌拉回现实。父亲正在电话里和母亲争辩着什么，本就颇多皱纹的脸上，此刻写满了压抑和忧虑。但看到罗文斌望着自己，父亲还是努力挤出一点微笑："这里查得也不准，明天我们到人民医院再看看。"

　　罗文斌心里说不出什么滋味，想要说些轻松的话，一开口却又没了精气神："对，明天再看看，走吧，先回家。"

　　父亲没接话，沉默地把罗文斌推到医院门口的公交站，扶着他坐下后，低着头耸着肩，推着空轮椅往回走。罗文斌目送父亲走远，站起来，尝试走两步，抽筋般的疼痛瞬间从小腿直达脑海。他放弃反抗，颓然坐回椅子上。

　　父亲从医院出来，招手打车。此时天已经黑透，路上的车极少。罗文斌看着隐藏在夜色中、佝偻着背的父亲，有些伤感：教了父亲几次，他还是不会用滴滴打车。罗文斌喊住父亲，自己摸出手机，默默叫了一辆车。

　　车还没来，父亲手机却响了，原来是舅舅。他担心地问父亲："文斌怎么样了？怎么我听说是什么恶性的啊？"父亲偷偷地瞄了瞄罗文斌，忙不迭把话筒音量调小，含含糊糊地敷衍几句，以要打车为由挂断电话。

　　刚坐上车，在国外打工的大姑又发来视频。父亲脸上肌肉抖了一下，控制不住地抬高了分贝："肯定是你妈到处说了，让她不要说，不要说。"他停顿一下，像是安慰罗文斌又像安慰自己："根本就没确诊，我们还要去南京上海看呢，都不确定是什么病，她瞎说什么呀？"

罗文斌心中苦笑。在几十公里外的县城，母亲正陷入恐慌的沼泽。他说："她肯定太担心了，也想找人说说吧。"

父亲不置可否，重又接通远在重洋的大姑的电话。大姑说："哥，这怎么了，怎么这种事就落在文斌身上了。"说着说着，她突然哽咽起来。父亲说："你不要哭，这不还没影的事吗？"父亲话很硬气，可大姑的肩膀还是抖个不停。罗文斌眼眶一热，说："没事呢，大姑，明天我们去南京看看，这小地方的医院不作数的。"大姑泣不成声："好，你去了一定要告诉我结果。"父亲满口答应，挂断视频。

回到家，在父亲的搀扶下，罗文斌挪到床上。他翻来覆去，无论如何也睡不着。也许是机器故障了，也有可能是医生误诊了。他总是心存侥幸，但内心深处的理智，让他接受了现实。回想之前的人生，碌碌无为，甚至没有什么值得纪念的日子。

罗文斌突然后悔没有珍惜自己的人生。

解彩钰

看到那泛黄的照片时，解彩钰怔住了。十几年的时间，像一辆街车，迎面穿过左胸。数学书、菜市街、玄武湖等，曾经的那些事与物飞速旋转。想不到，它还在呀。解彩钰捧着照片，像捧着什么宝物，小心翼翼地踱到沙发，把照片藏进包包。她长出一口气，定格了两秒钟，才恢复先前的快节奏，急切地开始忙碌。

钥匙转动的声音不请自来。一个三十多岁的男人，不由分说地闯进解彩钰狭小而杂乱的屋子。他抓起茶几旁不言自明的行李箱，变得张牙舞爪起来："这些东西怎么回事？说！"

解彩钰不由自主地抖了一下。还是没来得及！她眼前一黑，像是被剥夺了看见多彩世界的能力。她转过身，鼓足勇气直视男人双眼，想理直气壮地宣告什么，嘴里溜出来的话却绵软无力："我…我要走了。"

"走？去哪里？"

"离开这里。"

"你能有什么地方去啊？"

她该怎么办，反抗还是束手？鬼使神差之下，她想起那张照片。玄武湖边，一个花季少女，骄傲地笑着。背后不远，有个男孩，倚在假山上，比着剪刀手。在眼前男人越来越凶狠的眼神中，解彩钰一字一顿地说出男孩的名字："罗文斌。"

罗文斌

罗文斌坐着轮椅，感觉世界和站着的时候完全不同。一切变得宏大起来，自己变得渺小而无助。他像回到了小时候，完全失去了对这个世界的掌控。不，他又什么时候掌控过这个世界呢？

专家的话始终在他耳边回响："肿瘤有很多种，比如说肺癌就包括非小细胞癌和小细胞癌，非小细胞癌还包括腺癌和鳞癌，不同类型恶性程度都不一样。你现在还年轻，还是要抓紧治疗。穿刺吧，穿刺是金标准。我们现在没床位，你留个联系方式，一有床位就和你联系。"他来的时候还抱有期望，但现在，被击碎了所有幻想。他抬头看看父亲。父亲已经很苍老了，但依然卖力地推着轮椅，给他打气："没关系的，我回去就找人联系床位。我们做个穿刺看看，说不定是一种比较容易治疗的肿瘤呢？大不了把肿瘤切除了，最多，可能影响走路……"

回到酒店。罗文斌躺在床上，一一回复来自同事们的问候。虽然单位有几十个部门、上百个班组，几千号人，看起来像一个庞大的巨兽。但罗文斌觉得，这巨兽不过是一只小甲壳虫。他没告诉任何人生病的事情，除了他的领导。然而，每一个同事，已掌握该知道和不该知道的消息。他们也许真心安慰，也许幸灾乐祸，疯狂地轰炸罗文斌。罗文斌起初还有些波澜，后来已懒得分辨这些情绪。他只是程式化地配合表演，让那些"天呐，你怎么回事""放心吧，没事的"，尽早传到下一个人嘴里。他很疲倦。

父亲也很疲倦。但是他仍忙碌着，不厌其烦地和同学、朋友、亲人联络，千方百计地打探，谁在医院有熟人，看看能不能安排到一个床位。有的人直白地说没办法，有的人说"我去问问"。父亲应该知道，这些"问问"能起多大作用完全不可知，他还是感动地各种道谢。

罗文斌很久没有和父亲同住一个房间。工作前几年，他周末还会回家。自打买房后，因为相亲、聚餐、加班等种种原因，他回家次数越来越少。基本上，也就逢年过节，拎两瓶酒和父亲喝两口。现在，和父亲同住一个屋檐下，他熟悉又陌生。他突发奇想，如果不是自己生病，是不是一辈子都没机会，像小时候那样和父亲同住一个房间？

父亲终于打完电话，做出一个让罗文斌完全意想不到的举动。

只见他右胳膊用力地转起来，一连挥了十几圈，边挥边轻轻说"嘿"，像是给自己打气。原来父亲的肩膀还没有好。罗文斌想着。几个月前，父亲骑着自己给他买的电瓶车，不小心摔伤肩膀住了院。当时，罗文斌匆匆地看了父亲一眼，知道父亲不需要手术后，便匆匆地赶回市区上班。这么长时间过去，他以为父亲早已好了。

父亲留意到罗文斌的眼神，笑笑说："要加强锻炼，不然关节就粘连了。你看，我这肩膀恢复得挺好。你知道吗？有和我差不多严重的，一直怕疼，不敢锻炼，到现在肩膀都抬不起来。但你爸是吃着止疼药，咬牙锻炼。"

罗文斌本能地觉得吃止疼药不好，但又不知道说什么好，好半天才说："止疼药还是少吃为好。"

父亲说："现在不怎么吃了。"

两个人沉默一会儿。一会儿又变成了几天。罗文斌每天都能看到父亲不时地锻炼肩膀，接到大姑的电话。在生死边缘，亲情总是最紧密的。他告诉大姑，他想她了。这应该是他人生第一次对大姑说出这样的话。大姑的表情起先是惊愕，随后又欣然接受了他的想法。

第四天傍晚，有朋友告诉父亲，医院有床位，让他抓紧带罗文斌去住院。父亲忙不迭地出去借轮椅，然后一步一步推着罗文斌。

"你肩膀怎么样了？"

"没事，推轮椅还是可以的。"

"我其实能走。"父亲给罗文斌买了双拐，让他能扶着走路。但趁父亲出去时，罗文斌还是会尝试，自己走两步。已经没那么疼了。他觉得自己可以走。这让他心中冒出一丝希望。

父亲说："推轮椅算什么，小时候我还天天背你呢。"

罗文斌九岁的时候被摩托车撞过，左腿粉碎性骨折。打石膏康复的时候，都是父亲把他背到学校。那时，他理所应当地依赖父亲，不觉得有什么问题。等他长大，才知道一个中年男人要处理的事情千头万绪。比如说，要忙着生计。父亲的人生应该不算太成功，始终拿着微薄的薪水，斤斤计较几块钱的得失，一生都艰难地居住在生他养他的小县城。

天已经黑了。父亲推着罗文斌进了医院大厅。等电梯时，罗文斌看到，很多人或是裹着大衣，或是裹着被子蜷缩着，看起来像是要在这里过夜。罗文斌心情有些复杂。如果不是那"没有意义"的工作，他将没有医保也没有余钱，也许只能这样在医院里流浪。他想起自己开房间的时候，父亲感叹过"住旅馆真贵"。

罗文斌突然觉得，自己很失败。

解彩钰

屋子里黑透了。

解彩钰睁开眼，仰望四周，白日的一切都在和她捉迷藏。她在黑暗中吃力地寻找，吊灯在哪里，衣橱在哪儿，空调在哪儿。她觉得她已经抓住了它们，但也许，那不过是脑海残留的假象。身旁的男人已经打起了时断时续的呼噜，安心地睡着了。解彩钰不由得有些羡慕。她已经吃了半片抗焦虑药，以往，这已经足够。但今天，显然药效不足。她纠结半天，还是从床上爬起来，走到箱子边蹲下，借着手机亮光翻出药来。她正准备起身，突然悲从中来。

男人并不爱她。即便她没把衣服从箱子拿出，男人也没有在意。他揍了她一顿，看着她的妥协，露出了不易察觉的微笑。他就这么得意扬扬地哼着小曲，自顾自洗澡睡觉去了，完全不理会，吃了败仗的解彩钰到底多沮丧。解彩钰苦笑，如果，他能给予一点真诚的关心，她说不定都会倍加感激，甚至，会小心翼翼地守护这点烛火，绝不让它熄灭。

她缓缓起身，走到床边，拿起水杯，试喝一下，水早已凉透。夏天，水也会凉透。她犹豫了一下，把半片药放进嘴里，就着凉水咽下。药像刀片，一寸一寸把她割裂。她被割成了两半。

解彩钰放下水杯，准备上床。不知有意还是无意，她余光扫到了床上的男人。突然，一个可怕的想法涌了上来。

罗文斌

这是一个有着三张床的病房。病房老旧，墙壁上的白色涂料已经呈现出衰老的黄色。

靠近门口的床上，罗文斌正静静地读着《钢铁是怎样炼成的》。这本书是他特意让父亲带来的。被车撞伤后，他就是学着保尔，百折不挠地忍痛康复。但此刻，看书还有其他意义。他翻到第52页，照片就在那里。就照片来说，倚着假山的他是主角，可对他来说，远方背景里的解彩钰，才是这照片存在的意义。如果，能和解彩钰在一起，这一生，才算没白活吧？不，幸好没和她在一起，幸好……

像是预感到什么，罗文斌把照片放回书里，倚在病床上。果然，也就几分钟之后，隔壁病房那个十八岁的男孩，又一次发出连绵不绝的"啊……啊……"，这一刻，整个世界只剩下这个房间、大哭的男孩以及快要崩溃的他。

滑膜肉瘤。

从病友的交谈中，他得知那个男孩得的也是滑膜肉瘤。他不是那个男孩，没办法具体感受，但从那撕心裂肺的沙哑号叫中，他能明明白白地知道，他也会有这么一天，把嗓子喊破，失去一切体面。罗文斌内心泛起深深的恐惧，不由得涌起一种，爬到窗户上跳下去的想法。他当然没有跳，现在，他还能克制住这个可怕的想法。但一个月后呢，两个月后呢？

父亲从门外走进来，顺手关上门，以一种轻松的口吻说："那小男孩家是农村的，特别穷。一年多前就发现大腿上长了瘤，但也不舍得花钱，就没管，一直到前几天摔倒了，没办法走路，这才过来治。"

父亲本来嗓门就大，喝完酒后嗓门更大，但今天父亲没喝酒，嗓门感觉比喝了酒还大。罗文斌知道，父亲是想告诉他，他发现得早，治得及时，不会那么痛苦的。可是，我也不是孩子了啊。罗文斌很想告诉父亲，这样的安慰没什么作用。但他几次张了张嘴，最终吐出的只有空气。

护士悄无声息地推门进来，麻利地交代："罗文斌是吧，换上病号服。一会儿准备去穿刺了。我提醒你，除了病号服其他什么衣服都别穿，连内衣内裤也别穿。"

护士递过一张纸，说："这里有注意事项，你先看看。看完之后在末尾签个字。"

纸上内容很多，但罗文斌仍然清楚地看到关键内容："手术涉及麻醉，存有 0.02% 的死亡率。"他问护士："我会死吗？做这个手术我会死吗？"

护士怜悯地看着罗文斌："一般不会的，你不会有事的，抓紧换衣服吧。"说完，她拉上病床帘子就走了。

帘子遮住了一切阳光，把病床包围得像一个棺材。罗文斌就在棺材里，脱掉衣服，穿上病号服。可他怎么扣，也没办法把松紧带扣紧。他拨开帘子，按响床头铃。护士过来问："怎么了？"罗文斌有些难为情地说："裤子的松紧带好像坏了，能不能给我换一条。"护士一下子笑了："换也没用，这裤子一会儿还要脱的。没别的事我就走了。"

罗文斌还是觉得浑身别扭。想象要被脱掉病号服，他不由得产生一种羞耻感，感觉自己像是动物园里的动物。他来不及抱怨，一个护工已经把他推上车。不管他害不害怕，他注定要驶向那个地方。

解彩钰

解彩钰打开笔记本电脑，尝试登录 QQ，几次输入密码都不正确。QQ 早已过时了吗？她自嘲地笑了笑。罗文斌早已丢掉 QQ 用起微信了吧。他是不是，也帮别人注册微信号了？那时候，他会想起，他帮她注册 QQ 吗？

上了年纪后，解彩钰愈发明白，兜兜转转遇到的这些人中，只有罗文斌真心地爱过她。分班后的两年，罗文斌每天都爬二十多级台阶，来到她的教室，给她辅导数学。她本是个考大学都困难的人，最后成为博士，全赖他的帮助。每天晚自习放学，也是罗文斌陪她穿越长长的菜市街，看着她上楼才会离开。

她常常梦到那个菜市街。她始终记得，好几次碰触到罗文斌的肩膀时，都能感受到一种奇妙的火焰，从她的肩膀燃起。她战栗，她不安，脸烧得厉害。有时，她怕被罗文斌发现，拘谨得像个只会走路的机器人。有时，她会大胆地偷偷扭头，凝视罗文斌沉默坚毅的侧脸。也许夜路走多了，解彩钰喜欢上她最怕的黑夜。她几次想崴脚，或者佯装跌倒，顺理成章地靠近罗文斌一些，可内心的傲娇一次次阻止了她。她还是常常会不安地期盼罗文斌能牵起她的手，甚至拥抱她一下。可让她失望的是罗文斌只是默默付出，从无所求。

解彩钰往窗外探头，那个男人果然还在。这个宿舍，他是知道的。和他同居前，解彩钰一直住在这里。她知道男人会来，也大概知道，男人不放弃自己并不因为他爱她，只不过是不想丢掉一个可以四处对人吹嘘的名头。说白了，她不过是他一面旗子。

她受够了。在那个失眠的晚上，她彻底想明白了。

第二天一早，她决绝地搬了出来，撤离了那个她曾以为会是她家的战场。出门一刹那，一道阳光打来，如此耀眼，深深地刺痛她的眼。她似乎听到男人的大吼："你这不知好歹的女人，搬出去就不要回来。后悔了也不要找我。"她没有回头。尽管，她不知道路在哪里。

罗文斌

手术第二天，罗文斌就被"赶"出了医院。有十七个人在排队等着这个床位。

出院前，医生对罗文斌说："穿刺结果要等一个星期，我们会电话通知。要是良性，那可能就要排几个月了。如果是恶性，我们会第一时间安排你住院。放心吧，既然给你穿刺，就会对你负责到底。电话留谁的？"

父亲刚想开口，罗文斌已经抢先报出自己的联系方式。父亲脸上露出复杂的表情，最终还是选择沉默。罗文斌和父亲商量了一下，决定先不回家，还是在南京等结果。在宾馆办好入住，罗文斌点了外卖和一瓶酒。父亲几乎没什么爱好，除了喝酒，为这个，父亲没少听母亲抱怨。在母亲的教育下，一直到参加工作前，罗文斌都滴酒不沾。相当长的一段时间里，他都不能理解父亲为什么会喝酒，直到他渐渐迈过三十岁这道坎。

父亲把酒倒出来，却没有喝。他说："没心情喝。"罗文斌想，没心情是一方面，另一方面，也许是父亲不想在这个时候，在他面前表现出脆弱。

"倒都倒了，少喝点吧，不喝也浪费。"

不知是"倒"还是"浪费"启发了父亲，父亲突然说："你还记得，我骑车带你翻到过沟里吗？"

罗文斌笑笑说："当然记得。"

那还是小学三四年级的时候，父亲骑着自行车载他，下坡时没握好把，连人带车都翻到路边的沟里。酒瓶打碎了，酒汩汩地洒在了泥土里。如今，那沟早被填平变成了商业街，那自行车也早就退了役。父亲就这么不知不觉地老了。

父亲喝得并不多。以往，他一顿饭怎么也要喝个半斤酒。但这一瓶酒，他喝了足足五天。这五天里，罗文斌恢复得很快，他已经能够下地走路，看起来和往常并无两样，这让他总有一种虚幻的感觉，一切不过是场梦，醒来他还是健健康康，但左腿上那棕黑色的伤疤和不时的疼痛提醒他，他还是个病人。

解彩钰

那时，看见罗文斌时，解彩钰笑了。她根本想不到，在已经确定分班的暑假，她还能在几百公里外的南京，遇到这个傻里傻气的同桌。更想不到，明明他们一年之间也没说过几句话，她还是由衷地感到欣喜。她蹦蹦跳跳地挥手，大声喊着罗文斌的名字。

罗文斌没有反应。他像是中暑了，整个人是呆滞的。这让解彩钰的自尊与自信受到了极大的打击。虽然罗文斌不爱说话，她还是可以感觉到罗文斌应该喜欢她的。是太热了吗？他应该像她一样，穿个裙子才好。解彩钰跺了跺脚，努力捡回自己的骄傲："你愣着干啥，过来啊？"

他愣了一会儿，才后知后觉地跑了过来。他喘着气，双手局促地扭捏，满脸烧出血来。解彩钰笑了。罗文斌没有说一句话，没有做一个动作，但她已经收到了他的讨好。她又一如既往占据了上风。轻松和自如都如潮水涌来，她可以轻松拿捏。

那是一个美好的仲夏日，他们说了远超一年的话。罗文斌始终小心翼翼，生怕惹她不高兴。她却可以随心所欲地说着笑着。

但战局的转折，终究在她没发现的时候，悄然来临。回家后，她拿到洗好的照片，却发现了罗文斌。她像是发现了新大陆，却无人分享喜悦。她一次次渴望开学，终于等到了重归校园的日子。早自习刚结束，她就迫不及待地来到罗文斌的班级，大声喊他的名字。罗文斌抢先开了口："我，我真不是故意的。我当时没看到你，但是照片洗出来，有你。"

"什么，你的照片里有我？"

"对啊。"

"你知道吗，我的照片里也有你！"解彩钰不可思议地尖叫着。

罗文斌眼神也浮上狂热："真的？"

"真的，你看，我把照片都带来了。你的呢？"

"我，我的没带来。"

"那你看了我的东西，却没让我看你的，你要补偿我……"说完，解彩钰捂住了自己的嘴。罗文斌很爽快："我记得你数学不好，我给你辅导数学吧？"

"真的？"

"嗯。"

那确实是开始。很长一段时间，他都是她的好朋友。她曾告诉他，有人追她。他却没有回答。她有了男朋友之后，便不再回复罗文斌任何消息。

罗文斌

罗文斌转了两大圈，才找到记忆中的那个假山。他伫立了很久，很多事情像放电影一样从眼前流过。他忽然浮上一个念头，自己怕是马上要死了吧。不是都说，人死前，往事会在眼前闪现吗？他没有感到太多悲伤，更多的是一种平静。突然，他像是感觉到什么，缓缓地回过头。

罗文斌曾想过无数种可能，在咖啡馆、高铁站或者转角的路口和解彩钰相遇。每个场景，他都有无穷无尽的话想和她说。但真正重逢这一刻，他却踌躇半天不知说什么了。

解彩钰脸上露出了不知道是快乐还是悲伤的复杂表情："好久不见。"

"你还记得我吗？"

"当然。你结婚了吗？"

罗文斌愣住了，好久没有人问过他这个问题。直觉中，他总觉得解彩钰已经结婚了。但此刻，他敏锐地察觉到，解彩钰应该还没结婚。他先是一阵狂喜，然后又跌入深邃的谷底。他思索半天，最后才说："我结过婚了。"

解彩钰不冷不热地回复了一句："哦。"

空气僵硬起来。罗文斌有些尴尬，又像当年一样，整个人似乎被施了定身法。他有些不舍。他不知道，是不是该找个措辞说再见。解彩钰主动谈起了她这些年的境遇。

罗文斌仔细地端详解彩钰。她的五官依然生动，她的一切都那么令人熟悉，轻而易举地把他拉回过去，一点一点让他陷入往昔。

讲到精彩处，解彩钰会无意识地吐吐舌头，而这总让罗文斌怦然心动，他几乎有种控制不住的欲望，想要在这人潮汹涌的地铁上，不顾一切地拥抱她。罗文斌觉得不可思议，他已经不年轻了，即便是年轻时，他也从不曾涌起过这样的想法。他忍不住猜想，如果不是腿上的疼痛时刻提醒他，他很有可能已经抱住了她。

离别的站台，罗文斌想说些什么，手机突然响了。他打开一看，是个陌生的南京号码。他敏锐地意识到什么，抱歉地说："不好意思，我去接个电话，你先别走。"说完，他远离了解彩钰几步。他的余光看到，解彩钰的眼神里闪烁着复杂的神色。对方的声音已经传进鼓膜："罗文斌吗？这里是鼓楼医院。"

果然是医院打来的电话。是宣布死缓期限了吗？到底是哪一种类型的肿瘤，难道是恶性程度最高的？他的脑海里翻滚着，僵硬地回答："我是罗文斌。"

电话那头的人懒得捕捉他的心情，程式化地叙述："罗文斌，你的穿刺结果出来了。病理发现，你的腿部有大量凝固性坏死物，肌肉组织呈现纤维化，部分区域见薄壁血管影，结合病史，慢性炎症和血管坏死不能排除。"

罗文斌云里雾里。每一句话似乎都听得懂，但每一句话似乎都不明白，拼在一起的拼图更是让他无法理解。无论如何，"坏死""纤维化""血管影"这些字眼，都让他感到害怕。尽管他早做好准备，这一刻还是颤抖了："这……是什么意思？我听得有些不太明白。能不能直接一点告诉我，没关系，我能承受。"

对方沉默了一会儿："简单说吧，没有在你腿里发现恶性的东西。我们判断，你腿上可能有个血管瘤，因为运动破裂了，或者，你得了骨化性肌炎，急性发作了。而这些，我们都怀疑与你小时候受过外伤有关。所以，也造成了之前的误诊。还有疑问吗？没有的话，再见。"

不是恶性吗？那没有生命危险了？罗文斌有些发蒙，他木然地回答谢谢，然后挂断电话。他还是有些缓不过来。就像一个在山洞里独行的旅人，习惯了潮湿和昏暗，竟然不适应洞口扑面而来的亮光和新鲜空气。

他缓缓地转头，发现解彩钰正站在地铁口，孤独地看着手机，在拥挤人群的衬托下，显得格外落寞。他的心突然刺痛起来，周身血液也不由自主地加速燃烧，沸腾的声音直入脑海。他清楚地意识到，他还有未来。一种念头也越来越强烈——他想要拥抱解彩钰，拥抱这个寄托他情感和记忆的女孩。不管她能否接受他，他起码要告诉她，他喜欢她。这么多年，一直喜欢着。这一刻，他仿佛回到了那个十五岁的仲夏。

谁来参加他的婚礼

1

齐东川不是汉川县城（汉川市区）人。这事我到大三才知道，当时曹芹过生日，请我和齐东川喝了顿酒。那是齐东川第一次喝酒，他喝多了，怎么也刹不住话。他说齐圩村离县城不远，骑车四十五分钟能到。他之所以不住校，像县城人一样走读，没别的原因，就是为了省一个月五十块的住宿费。我听了很惊讶。高中那会儿，我们早上七点就要上课，晚上十点半才放学，就这样他还摸黑上学？我想象那个画面——在起伏不平的土路上，有一个学生骑着三八大杠，孤独地在夜色里穿行。他看向前方，一片灰蒙蒙，他毅然决然地骑下去。

我不知道我的想象是否准确，但我想也许八九不离十。毕竟，我和他经历相近。是的，我也是个历经苦难的人。在二十世纪九十年代末那一波席卷全国的下岗潮里，我的父母没一个逃脱，全被卷了进去。你可以想象，父母突然断了经济来源，那一家三口的生活水平是怎样的断崖式下跌。从那时起，灰暗苦闷就是我生活的日常色彩。全家的期望就是我好好学习，将来找个好工作。我没有童年。

但齐东川显然比我还苦，他说打他太爷爷起，他们老齐家就是齐圩村最穷的人家。他爷爷八九岁时，全家唯一生路居然是靠太爷爷要饭。后来好不容易等到解放，家里分到了土地，生活才有一点好转。可就算这样，齐东川小时候一年到头也吃不上几次肉，过年压岁钱从没超过五块钱，娱乐什么的更别想了。用齐东川的话说："有时候我看到别人家小孩放烟花，我心里其实也想要。但怎么办呢？我知道自己家里穷啊，不想给我爸爸添麻烦。所以，我一直对我爸爸说，没事呀，我们看别人家放烟花也一样。"

其实那晚曹芹眼睛早就红了，听到齐东川这句话后，她更是绷不住，眼泪唰的一下流了出来。本就情绪激动的齐东川，看见曹芹哭后也跟着哭了。我看着这个场景，心里酸酸的，但还是尝试缓解气氛，拍着齐东川的肩膀，说："明城，不哭了，不哭了，日子不是一天天变好了吗？你看，等我们毕业找个好工作，肯定天天有肉吃。"

齐东川没有点头，我就没有松手，一直揽着他的肩膀，安慰他不要回头。其实我不擅长安慰人，毕竟我这个人不喜欢表达亲密，也不喜欢肢体动作。但这晚酒喝多了，我搂了齐东川有十几分钟，情绪到了，我也哭了。

2

我高中时候和齐东川的关系很微妙。他是班里唯一能和我争第一的人，如果没有他，我那虚无缥缈的自尊肯定能得到更多满足。所以我总是看不惯齐东川那万年如一的紧绷感，也在苏玲请教他问题时心生嫉妒。我想齐东川看待我也一样，他总是在面对我时，流露出复杂的距离感。但齐东川和我一样，我们都是简单的人，所以我们只会在学习上较劲，不会暗地里使什么绊子。而工作之后，我才发现，许多人不是我们这样的。很多明争暗斗、唇枪舌剑一直埋伏在路上，就等着我一头撞上。所以，我工作之后更喜欢和齐东川交往。

我和齐东川考入了同一所大学。但我成绩好些，去了电气系，而齐东川只能调剂去了光信息专业。我大学成绩只是中游，但可能是专业选得好，找工作时很顺利，在大四上学期就拿到好几个公司的邀请。我几经选择，最后选了供电公司。我听人说这个单位待遇好，工作也不累。但事实证明，传闻很多时候并不可信。每当我战战兢兢、瑟瑟发抖地爬上几十米高的杆塔时，我都会想一个问题——到底谁骗我说供电公司的工作就是喝茶看报纸？

可能是因为申请了助学贷款，也可能是因为一个月生活费只有二百四十元，齐东川在大学里还是很用功，他的成绩在系里一直名列前茅。但我们都想不到，作为一个985大学的名牌毕业生，齐东川找工作竟十分困难。他去了很多招聘会，可几乎没有企业想要招聘光信息专业的毕业生。那是2005年，光伏行业大扩军大爆炸的前夜。齐东川如果晚一年毕业，也许就能赶上大潮就业，可惜他没有赶上点。屡屡碰壁的齐东川几次不无后悔地对我说，假如他选个差一点的学校，上个好一点的专业，那他的就业前景肯定一片大好。我相信齐东川是对的，但这个世界上有许多可怕的事情，其中之一就是不卖后悔药。

无数个晚上，齐东川端着一听啤酒，在宿舍阳台上，看着没什么星星的夜空，怀疑自己能不能找到工作，心里满是沮丧。然后第二天他又会早早起床，天没亮就挤公交和地铁赶往南京城的东南西北，参加一场又一场招聘会，然后一次又一次铩羽而归。我觉得齐东川比我坚韧多了，要是我承受这些挫折，我十分怀疑我是否还能坚持下去。但曹芹告诉我，如果我当时是齐东川那个状况，我也一定会坚持下去，因为我没有选择。

齐东川是临近毕业才找到工作。他兴奋得几天没睡好觉，尽管这份工作在南京的郊区，月收入也不过是两千元人民币。但对于齐东川来说这已经足够了，有一份工作也就意味着他在这个世界上有了存在的意义，意味着他在这偌大的南京城有了一席之地。那时他常会在夜晚悄悄走到学校操场上，一圈又一圈地跑步，然后仰天长啸。这事我一开始并不知道，直到有个晚上我回校晚了，在操场旁边树林抄近路回宿舍，才发现了正在奔跑大啸的齐东川。我难以说清那时我心里的感受，那是无数情绪在胸口冲撞，撞得你百感交集。

齐东川能找到工作，曹芹是出了力的。她有个出了班辈的"二姐"在一家公司负责人才招聘，这家公司刚好要来学校招聘，齐东川就被挂上了号。我不知道齐东川知不知道曹芹帮助过他，因为我和曹芹都没有告诉过他，但我猜齐东川早晚会知道这件事，毕竟后来齐东川和曹芹的二姐成了一家人。

<h2 style="text-align:center">3</h2>

　　齐东川结婚时没办喜宴。一方面原因是他们单位禁止办公室恋情，另一方面原因则是喜宴确实耗资巨大，那些婚纱照、婚庆、酒席什么的一套办下来，在南京怎么也要个大几万。齐东川工资不过三千五，加上二姐的四千五，两个人一个月收入只有八千，去掉房租、水电费、助学贷款什么的，他们一个月满打满算能攒三千块，要想办个像样的婚礼，怎么也得攒好几年。他们没人愿意花"冤枉钱"。

　　齐东川领证那晚，我和曹芹带了瓶酒，在齐东川租的房子好好地喝了一场。齐东川喝得很高兴，又有些伤感。我们好些同学都买房了，我们身边人也有不少结婚，婚礼一个比一个办得豪华。那些豪华就像一面面镜子，照出了我们不如意的模样。齐东川有些感慨，他说有些人的起点他一辈子都很难赶上，他万万想不到就连办个婚礼都如此困难。二姐倒是看得很开："赶不上就不赶呗，婚礼有什么好办的，与其办不好，还不如不办。"二姐的话自然又真实，但不知道哪里刺激了齐东川。他突然侧过头，拍着二姐肩膀，眼睛半睁半闭地说："我总有一天会出人头地，到时候一定给你补办一场婚礼。婚庆要三万……不，五万块。"

　　二姐说："你就吹吧。"二姐的话语气很随意，听起来甚至有一分宠溺，但齐东川像是被踩到尾巴的猫，整个人不可思议地弹起，满脸通红地反驳："我怎么能是吹呢？总有一天，总有一天，我一定给你办一场风风光光的婚礼。"

"对对对，不是吹，你肯定能办成。我们家东川什么人？那是我百里挑一选中的。我等着那一天。"二姐连连附和，说话的语气就像哄孩子，齐东川就这样被抚平了脾气。我看着二姐，心里有些感慨。其实二姐只比齐东川大三岁，但两个人看起来状态完全不同。我想也许是女人的早熟，让这三岁的差距更有分量。我猜二姐的母性时常发光，也许只有她这样的人才能熨平齐东川那些奇怪的烙印。

齐东川那晚喝醉了。送我出来时，他一直颠来倒去地说谁谁成绩没他好，既然他们能买房，他肯定也能。我听着有些心酸，上学的经历不过是书的一页纸，翻过去了就过去了，永远不会再翻回来。那些曾经趟过的河，我们再去谈论又有什么意义呢？大家不都这么说吗，好汉不提当年勇。但我或多或少受了齐东川触动，等地铁时，我对曹芹说："要不咱俩也借钱买房吧，咬咬牙。"

曹芹说："你不是说的醉话吧？"我说："我是真的想买房，我想有个家。"

曹芹说："好，那我们借钱。"

4

借钱不是一件容易的事。我们过年回了汉川，把所有亲戚走了一遍。别人过年走亲戚是上门送礼，我们是上门送礼加借钱。亲戚们看见礼物都很高兴，听说要借钱就连连摆手。"我们家难啊，最近怎么样怎么样。"这话我听了耳朵都起茧。我知道有些亲戚确实不容易，但有些亲戚我们不自觉开始疏远。

那年过年二姐也去了汉川。齐东川父母见了她都很满意，说一看二姐就知道是"城里人"。老两口百般告诫齐东川，要齐东川一定要对二姐好，说齐东川能娶到二姐那是他几辈子修来的福分。齐东川连连点头。老两口干脆趁热打铁，在大年初五那天顺势给二姐摆了流水席。那天来了好多乡里乡亲，大家都夸二姐长得漂亮。有人问两个人现在干什么，老两口说在南京工作。很多人一听，都说齐家现在翻身了，连东川都混到省城去了，将来肯定不得了。齐东川听到这些只能苦涩地笑笑，他现在穷得叮当响，离"不得了"还有了不得的距离。但他也不能丢父母的面，只能配合着说南京的好。他说南京可繁华了，凌晨三五点都有人在大街上走，不像家里，九点之后路上就没什么人了。齐东川说的是实话，又不那么实在，就像很多国外定居的人，明明生活得不见得多好，但他们却总把好的一面大肆渲染，让你以为他过得像神仙一般。人性就是如此。

借钱虽然是一件没面子的事，但是也有实实在在的好处。我和曹芹过年回来就买了房。我们买的房子是个二手房，这事说出去好像有些尴尬，但看在不用装修拎包即住的分儿上，曹芹也就忍了。曹芹原话是这么说的："二手就二手吧，反正人不是二手的就行。"

我和曹芹买完房子就觉得亏了。因为此后的大半年时间里，南京的房价一直在跌。那时我们做了最坏打算，如果房价一直跌下去，我们就把房子卖了，想办法把欠债还上。但幸好我们没走到那一步。熬了一个秋天后，国家出台了四万亿计划刺激经济。

房价随之开始飙涨，渐渐涨到一个很夸张的数字。我和曹芹看着房价上涨，都觉得房子买对了，整天意气风发。人的悲喜就是如此简单。

我和曹芹过户后也领了证。我们没办婚礼，都想缓两年好好办一场。不办婚礼这种事情当然有些寒酸，但我和曹芹也有我们自己的仪式感——我们买了一对结婚戒指，并当着齐东川和二姐的面互相戴上。我和齐东川自然是又好好地喝了一场，我们聊着工作上的事，聊着次贷危机，好像我们就是经济学家。一旁的二姐和曹芹则现实很多，她们一直聊着家长里短。二姐说别看齐东川小时候穷，他们祖上其实很荣耀，好几代人都是县令，到太爷爷那辈也是地主。可恨那时日本人来了，把太爷爷和太爷爷的父母打成重伤，还当着他们面轮奸了太婆婆。太婆婆要强，当晚就上吊了。两个老人身子骨本来就差，加上羞愤交加，没几天也都死了。太爷爷连遭打击，一下子衰老了十几岁，一个有为青年最后沦落成一个要饭的。

曹芹听了这些话，一直是不胜唏嘘。但我听了后有深层次的想法，我猜这些话都是齐东川父母说的，如果是这样，那齐东川肯定打小就受了无数遍教育，背负的压力肯定很大。果不其然，那晚齐东川说他想跳槽。他说他自学了一些编程语言，想去上海试试水。"我得光宗耀祖。"齐东川说得很郑重。

其实我也早就想要跳槽。我倒没打算光宗耀祖，我就是想换个行业多赚点儿钱，给曹芹办个好点儿的婚礼。只是我有些纠结，毕竟我外面还欠了一屁股债，那可是压在我身上的一座座大山。齐东川没有这些负担，毕竟他没有买房。他很快去了上海，在一家互联网公司设计网页游戏，和二姐过起双城生活。那时网游掀起一波大潮，齐东川收入很快翻了七八倍，整个人精气神也截然不同了。他常会在晚上给我打电话，说他的理想和奋斗。我常常听得两眼放光，心里着实为齐东川感到高兴。

我是在电话里知道二姐怀孕的，当时我刚洗完澡。我对曹芹说："都说小别胜新婚，这干柴烈火效果就是不一样啊，要不，我们也运动一下？"曹芹推了我一把，翻起眼皮给我一个白眼，说："我才不。"但曹芹说完就洗澡去了，从浴室传出一阵歌声。我想曹芹也为齐东川高兴，我们都知道齐东川的生活日益向好。

5

二姐十月怀胎生的是个女娃。

老两口知道后，像大冬天里知道没了炭火，瞬间全蔫了。他们逢人就说："唉，你说说这城里姑娘怎么就这么不顶用呢？连个带把的都生不出来。"

这话着实冤枉二姐，生男生女哪是她决定的事？但老两口固执地认为就是二姐的错。他们在月子里百般挑剔二姐，说二姐天天不干活儿，就是一个"王母娘娘"，还说他们年轻那会儿，媳妇们生完孩子下地就能干活儿。生孩子对二姐来说本来就是过鬼门关，现在又受到公婆这样的对待，那真是身心都受了极大伤害。要是把二姐换成曹芹，我担保她能和老两口顶起来。但二姐是个温顺的人，她不像曹芹一样倔强。她一直忍着没对齐东川说这些，只是看着自己肚子上一圈一圈的妊娠纹，稍稍有些产后抑郁。她想带闺女去上海，可齐东川不同意。齐东川现在住宿舍不花钱，要是二姐去上海，他们就得租房子，那上海的房租可比南京贵了不少。齐东川宽慰二姐："公司已经拿了两轮融资，再拿一轮就能上市。我现在已经升到主管了，有干股，一旦公司上市，我就是几百万到手，到时候直接买个房子，多划算！"

这件事对齐东川来说确实很划算，但对二姐来说着实有些残酷。二姐也不好直说她的遭遇，只好继续当她心中的"包身工"和公婆嘴里的"王母娘娘"。可二姐再温顺也是一个人，她也需要一个情感宣泄的出口。她有时候会和曹芹透露一点风声，吐槽一下自己悲惨的遭遇。不过即便是吐槽时，二姐还是小心谨慎的，她反复告诫曹芹千万别当传声筒，不然我知道了实情，也就等于齐东川知道了实情。

其实二姐想多了，我那时和曹芹的关系已经很僵，唯一的交流就是吵架。齐东川走后，我调到了建设部工作，专门负责工程建设。我看着一个个变电站拔地而起确实感到舒坦，但收入始终是我心底一道过不去的坎。我想跳槽，曹芹不让。曹芹说我们都是穷人，没那么多资本试错，说供电公司虽然收入不高，但毕竟旱涝保收有保障。我觉得曹芹的想法不对。世上哪有什么铁饭碗？我父母当年在粮食局和供销社工作，也都以为自己抱了个铁饭碗，但计划经济一取消，铁饭碗全砸锅里了，谁也少不了下岗。这么一看，还是出去闯荡才有希望。我和曹芹谁也说不过谁。曹芹觉得我好高骛远，我觉得她头发长见识短。我有时念叨："你看，我上学那会儿可比齐东川强吧？你看齐东川现在收入都超我好几倍了。"曹芹脸上总会浮现嘲弄，以一种讥笑的语气说："对，你抓紧去学他，学他抛妻弃子。"我不服气，反驳说："人家是去上海谋发展，怎么就抛弃妻子了？"曹芹总是鼻孔出口气，再也不理我。

热战打长了难免变成冷战。我和曹芹白天谁也不给谁发个消息，晚上我们睡一张床，也依然谁也不和谁说话。我们好像回到了高中校门口，互相知道对方在那里，但都当对方不存在，只是你看看我，我看看你，就像看空气。

两个人在一个屋子不说话，房间温度都感觉低了几度。有时候我想，我为什么不服软呢。这么些年，我一直喜欢曹芹，让着曹芹，要不这次也让一下？但每当我想妥协时，总有一个声音告诉我，这是生活的选择，就是因为喜欢曹芹，我一定要让她过上好生活。

然而，好生活没有来。有一天曹芹在床上刷剧时，我看到一个理论——夫妻没有隔夜的仇，都是床头吵架床尾和。我想我和曹芹没仇，不如床尾"和"一下。我爬到曹芹身上，想要一劳永逸。可曹芹不这么想，她双手双脚都在努力反抗，我也只好双手双腿用力，想要制服曹芹。事实证明这是一个错误决定，我和曹芹不仅没"和"，还"战"了起来，曹芹好几次都说手被我弄疼了。最终，我被曹芹抵抗侵略的坚强意志打败，只能气冲冲地下床。我走到房门口时，曹芹问我："你去哪儿？"我也不知道我要去哪儿，就是情绪有些上头。我甩了大门，说："去单位。"

我当然没有去单位，只是盲目地在小区附近闲逛，然后接到了齐东川的电话。我看看手机，已经十点多了。我的大脑立刻开始高速旋转，不禁猜想齐东川是知道了消息来劝和的，还是什么也不知道，只是喝多了想吹吹牛。但一接电话就知道我那些猜测都不对，齐东川讲话时吞吞吐吐，语气迟钝又谨慎，好像是在做某种心理斗争。我知道齐东川肯定是遇到难事了。我说："怎么了？有事说呀。"

齐东川还是纠结，最后结结巴巴地说："你有钱没有，我想找你借点。二姐她……得胃癌了……"

6

我很长一段时间里都很难消化二姐得胃癌的消息。我有时在想，齐东川不是骗我吧？但在下一秒就明白，齐东川是不可能拿这事开玩笑的。我感到一场大地震来了，撕裂了我最后一丝犹豫。

我辞职时没和曹芹商量。要说没商量也有点冤枉，我已经和曹芹"商量"了大半年。但我被不被冤枉不重要，重要的是我触及了曹芹的底线。她很郑重地和我提起离婚。这种态度不是假的，虽然很多女人动不动会提离婚，但曹芹不是这样的人。她虽然看着娇媚，但是内心着实倔强硬朗。我从没想过离婚，我曾对曹芹说过我们会永远永远在一起。这种永远对我来说这不是一句简单的承诺，而是一种天经地义，是平面几何里的公理。但这世上既然没有铁饭碗，那也自然没有天经地义。我想起曹芹的反抗，我听人说女人要是变心了是不会让男人碰的。我说："你外面是不是有人了？"曹芹睁大眼睛看我，说："离婚。"然后，曹芹干脆利落地把婚戒摘下来，直接扔给了我。

离婚后我去了上海电气工作。我收入提高了，但比之前更忙。不过忙有忙的好处，它能避免我总是陷入回忆的旋涡。但偶尔闲下来时，我更想给曹芹打个电话。只是我没有办法给曹芹打电话，离婚后她把我的电话、微信统统拉黑了，切断了我一切能够联系她的方法。我想曹芹一定很讨厌我。

那时我是一个孤家寡人。因为我去上海时，齐东川早已经去了北京。这些年来，齐东川始终没等到那随时可能来的第三轮融资，那"几百万"也离他总是有些遥远。他狠下心来辞职，带二姐在积水潭医院看病，顺道在中关村工作。我有时候想曹芹了，往往会打个电话给齐东川。我会先问二姐病情怎么样，而齐东川也总会说二姐的病发现得早，病情还是有很大希望能控制住，甚至有可能痊愈。我想齐东川说这些大概是在安慰我，让我不要过分担心。但我也有一种错觉，也许齐东川这么说其实是一种自我安慰。

每次挂电话时，我都会让齐东川把曹芹朋友圈发我看看。后来我不再这样叮嘱了，反正过不了多久我就能听到新消息提醒声不断响起，看到曹芹朋友圈的截图一个接一个地发来，都是什么午后的咖啡和零碎的絮叨，看起来一如往常。我看着这些截图，心里说不出来是什么滋味。没有我，也许对曹芹没有任何影响。也许，没有我她过得更好一些。

我几乎是以发疯的态度在工作。我拼命想要过得更好，想向曹芹证明我是对的，但我隐约认识到这些证明没有任何意义。我很快接了一个大项目，从项目前期对接到设计到施工我全程跟进。最忙的一阵，我有一个月没顾上和齐东川通电话。等我再想给齐东川打电话时我又有点害怕，我害怕二姐的病情出现了变故，害怕二姐的结局不是我期待的模样。这种害怕是一种很可怕的拖延，它让我不敢给齐东川打电话，而且时间拖得越久我就越不敢打电话。我大概有好几年的时间没联系过齐东川，他也一直没联系过我。

我一个人过的三十岁生日。我给自己买了个蛋糕，又做了一桌子菜。吃蛋糕时，我突然想起以前四个人吃饭的情景，那时虽然很穷，好像也没有那么不快乐。我突然涌上一种不好的预感，二姐可能已经走了，不然齐东川不会一直不联系我。这种预感是如此让人害怕，我不禁觉得浑身发冷。我赶紧开了一瓶酒，指望喝口酒能够温暖我。但显然喝酒不能满足我的愿望。事实上，我只不过喝了一口酒就觉得整个人空荡荡。我从抽屉翻出曹芹退给我的婚戒，猜想曹芹此刻在干什么，看书、看电影还是在逛街？我是不可能知道的了。我想起离婚前的生活，有快乐也有争吵的生活。我不知道曹芹怎么样，但对我来说，那些不快乐随着时间流逝慢慢都磨灭了，只留下一些美好的记忆。

只是这些记忆我已无人分享。

7

我父亲也是齐圩村人。他长得又高又帅，成绩在齐圩村也算不错，庄里漂亮的女孩几乎都想和我父亲谈恋爱，最终他选了母亲。这样的选择让很多人大跌眼镜，母亲外在条件没那么好，她个子不高，样貌也不出众，但母亲有一个优势，她是城镇户口。这是一张王牌。

和母亲结婚后，父亲搬到县城，也成了城镇户口。他很长一段时间扬眉吐气，他总以城里人自居，看不起乡亲。为了显示自己和农村割裂的决心，父亲干脆以十万块钱的价格把爷爷的宅基地卖给了大姑。但三十年河东三十年河西，这些年国家大力开展脱贫攻坚和乡村振兴，农村的生活显而易见地变好，父亲的优越感被一层层剥夺。父亲对国家的做法非常有看法，有时喝起酒来越想越气，会跺着脚说："国家怎么这样做？这政策分明错了嘛。"

但说来搞笑，尽管父亲执着地与农村割裂，他骨子里其实还是个农民，有些习性他改不掉。他常会回齐圩村串门，打听一些齐圩村的事情，也因此知道了二姐的结局，并在我回汉川时告诉我二姐上吊了。这不是最可怕的消息，最可怕的是，庄里很多人都说二姐病情其实控制住了，但齐东川父母经常劝二姐，说能治好的都不是癌，是癌的都治不好，让二姐别折腾了，把钱留给女儿……

我本能地期望这是一个谎言，我不希望二姐死，更不希望二姐最后的人生是这样灰暗，但我内心渐渐认同，二姐或多或少受了齐东川父母的影响。

我和齐东川依然没有联络。我后来回南京自己创业，国家这几年扶持"双创"（大众创业，万众创新），对小微企业也各种免税。也许赶上了风口猪都能飞，我这几年生意做得顺风顺水，我在以前房子对门买了房。我总期望能在房前遇到曹芹。但有些人说遇不见，就再也遇不见了。我一两年时间也没蹲到任何人。我几次想换个手机给曹芹打电话，但一直没有勇气。我觉得曹芹不太可能像我一样一直单身，她也许结婚了，甚至孩子已经能说话了。

我想我该联系一下齐东川了。

8

我是在北京和齐东川匆匆见了一面。当时，齐东川从北五环赶到南三环，和我在北京南站的上岛咖啡见了一面。齐东川西装笔挺，看起来派头十足。他看到我之后，脸部肌肉拉开，似乎很想笑一下。但他实际做出的举动却截然相反，他在下一秒哭了出来，号啕大哭。这哭声格外响亮，像一个猛兽，几乎要把这宁静的咖啡厅撕成碎片。我有些动容。我想起齐东川上次哭还是十五年前，那时曹芹还在我身边。

齐东川花了好久才停止哭泣。他哭得最狠的时候，我心中一直涌动一个画面：在人山人海的北京城里，有一个人孤身一人，他还是像高中那样，骑着一辆三八大杠在无边的黑夜里穿行，他转了好几班地铁，跨越了大半个北京，只为了见一个人然后大哭一场。他需要痛快淋漓地大哭一场，也许只有这样他的心才能有片刻安宁。

齐东川哭了有一个世纪之久，直到我要赶车才停歇。他在高铁站的检票口告诉我，他前后换了三家公司，现在年薪四十万。我说："挺好的呀，四十万在北京也算是高薪。"齐东川说："什么高薪，我不过是个外人。我五到十年内，估计都不可能有钱在北京买房。"

我想任何话都不能说得绝对。今年是齐东川本命年，他或许要红火一点。实际上，两个月后汉川县县城（汉川市市区）开始北移，齐圩村整体拆迁。齐东川三年前花三十万盖的房子，此刻变成了一套回迁房和五百万。五百万足够齐东川在北京付个首付，这样他也能成为首都人，足够他父母四处吹嘘。

齐东川没有选择留在北京，他居然辞职了。他在汉川县城（汉川市区）买了一栋三层别墅，三百平方米的空间就住了他和女儿两个人。除了送女儿上学，齐东川整天窝在别墅里，不和任何人接触。乡亲都说"北京人"高兴疯了，只有齐东川父母拼了命地反驳："这怎么可能，我家东川是见过大世面的。"但齐东川也许真的疯了，他再出山时，给许多人发去了请帖，邀请大家参加他和二姐的婚礼，还说谁来都不用出礼钱，只要人到了就是给面子。

给面子的人很多，我也是其中一个。我在婚礼上看见了二姐。我顿时愣了一下，头皮有些发麻。但我很快意识到，那所谓的"二姐"不过是一个投影，只是这投影活灵活现，立体展示，能给你一瞬间的迷惑。齐东川看见我发愣笑了一下。他说这几个月他一直在研究这个，当年他觉得没用的光信息技术，最终还是派上用场。

齐东川从北京请了一个婚庆团队，指挥他和全息投影热热闹闹地办了一场婚礼。齐东川全程保持冷静，直到女儿上来和他们合影。合影后齐东川突然跪下，双手握成拳头，反复锤着地板，泪流满面地说："婚礼我办了，办了呀，可是你看不到了。你看不到了，你永远看不到了……"齐东川哭得像个疯子，最后瘫倒在地板上，被伴郎抬走时双腿都在抽搐。这次没有人说他疯，大家只是唏嘘。我猜这是齐东川人生中最后一次流泪。他应该不会为齐家传宗接代了，他不可能再去重复走过的路。他只会一次又一次，在梦里见证奇迹。

　　曹芹也参加了齐东川的婚礼，她说这个婚礼她不能不来，当初齐东川吹的牛，她得见证。她看着齐东川哭泣，却没有像以前一样落泪，她只是用冷静得近似于冷酷的语气说："二姐嫁对了。"

　　这是曹芹今天说的第一句话。是的，今天我们在同一桌。但是，我们谁也没和谁说话。不是我不想说，是我还没有回过神，我根本没想到曹芹能来参加婚礼。当初我在北京见齐东川时，我曾看过曹芹的朋友圈。我很难从朋友圈里看出曹芹的生活状态，但我想没消息就是好消息，至少曹芹没有晒娃。我当时还让齐东川给曹芹发了消息，问问她最近过得怎么样。但一直等我到了南京，曹芹也没回齐东川消息。甚至，齐东川邀请曹芹参加婚礼的信息，曹芹其实也没回。但曹芹就这样神奇地出现了，像大学时一样。

　　曹芹是婚礼开始后赶到的，迟到的她可以不服从分配，随意找一桌坐下，但她还是选择了和我一桌，这让我有很多联想。曹芹一直没有看我的脸，但她时不时会瞄我手上的戒指。我猜这个戒指她一定十分熟悉，那是我们的婚戒。其实我不太爱戴戒指，结婚时我也不是一直戴着。但我最近一直戴着戒指，这能让我有一种曹芹还在身边的错觉。现在曹芹又在瞄我的戒指，我猜她也许有很多猜想，她也许会怀疑我已经再婚了，但又没有在桌上发现我的"另一半"。我觉得我不能像高中时一样沉默，至少，我应该告诉她一些真相。我站起来，走到曹芹旁边，从口袋里掏出另外一只戒指。

　　我还欠曹芹一个婚礼。希望，我还有这个机会。

带着女儿去相亲

1

他在等红灯时低头换歌。女儿念叨好几分钟，说要听程响的《不再联系》。前奏刚刚响起，他的后脑勺已被"偷袭"，冰凉触感传来。同时传来的，还有女儿嬉笑的抱怨："你怎么回事？我的旺仔牛奶都洒了。哈哈哈，你看看你的头，都变成白的了，太搞笑了！"他下意识地去摸后脑勺，整个人有些蒙。他怎么也回忆不起，他是换歌时不小心松了刹车，还是换歌后下意识跟车启动，却启动过快。他犹豫要不要下车。有事在身，他不想节外生枝，便安慰自己，刚刚的晃动也许是刹车后摇，而不是撞车的后果。

他很快便不相信自我安慰了。前车虽迟疑几秒，但最终停下来。他看到车门缓缓打开，像慢慢抽出的火柴盒。他心里一沉，他知道不管他想与不想，一会儿必然有人从车门钻出，张牙舞爪地向他冲来。会是谁？满脸横肉的彪形大汉，还是充满算计的女人？他叹口气，已料到一阵暴风骤雨。

他解开安全带，推开车门，沉重地起身。正撞见那个女人。"你是不是撞到我了？"女人笑着说。女人音色很温和，甚至有一丝包容和热情，就像今天的天气。他倏地感到一阵温暖，戒备一瞬间消融。他看向女人，女人脸有些微圆，嘴角微笑的弧度，昭示她生活里不爱计较。他笑了："我怎么可能撞到你呢？我最多撞到你的车。"

车也没被撞到。虽然间距很微小，但它确实存在，像楚河汉界，画清了彼此的距离。是的，没有误工费，没有精神损失费，他们没有一丝牵扯。他竟有些遗憾，他说不出为什么。女人的长相并不出众，她身材微胖，皮肤也不够白皙，和那些相亲对象相比，她应该并无优势。真是奇怪。

他握紧方向盘，右手顺时针一转，车已拐上青松岭大道。这大道是前两年兴建，六年前来时，这里还是一片土路，他需要在颠簸中前进十公里，才能看到青松岭森林公园大门。公园很大，占地五万亩，但那时还处于原始开发阶段，除了户外温泉有卖点，其他都乏善可陈。他和母亲妻子洗完温泉，没有住宿就连夜返程。这荒郊野外的冬天本就很冷，酒店空调偏偏又在维修，住一夜根本是找罪受。况且除了洗温泉，他们实在找不到别的乐子。现在据说青松岭公园建设得很好，KTV、酒吧、桌游社，里面各种娱乐设施应有尽有。这里也许的确是一个适合相亲的地方。

他目视前方，暗自数数。有三十多了吧，回瀛洲市不到半年，他已经见过这么多女人，真是笑话一般。这能怪他吗？他一向喜欢随遇而安，不喜欢目的性极强的活动，在他前三十八年人生里，他还从没相过一次亲。可现在不是前三十八年。他想起母亲，瘦弱的母亲，母亲是半年前查出乳腺结节，分类五级。医生说，恶性的概率极大。母亲打电话告诉他时，他感觉天都塌了。他眼前黑了一下，陡然想起母亲大一时的电话，那时他没了父亲，现在又要没了母亲？

他没有踌躇，几乎是风一般跑到经理办公室。第一次敲门无果后，他加大力度，几乎是要砸开这间办公室。他看到屏风后有双高跟鞋，也看到经理黑着脸，可他没时间算计。他在经理恼怒的眼神中，以不容置疑的口气请下公休假。不管你同不同意，我都要去！他第一次如此硬气。

他和母亲坐高铁去的北京。路上他一直安慰母亲，说不定北京专家会有新的说法。这结节怎么可能是五级呢？这不就是一个普通的乳腺结节嘛。这样的幻想当然只能是幻想，解放军总医院彩超显示，母亲的结节并不普通，是4C。不过，这个结果虽然依然是偏坏，但还是比之前检查所谓的"五级"多出一线希望。就像专家说的那样："虽然概率很小，但你母亲可能不是癌。"专家还说："彩超结果只能作为初步判断，要想确诊，可以做钼靶，当然最好办法是穿刺活检。"他没有太多犹豫，直接选择一步到位做穿刺。

做穿刺不是件容易的事。要想穿刺必须住院。要正常排队，只怕半个月都很难轮到他母亲。时间不等人，别说怕耽误母亲病情，他自己公休假也有期限。他很难想象他的经理要给他穿多小码的小鞋。他记得他走时经理的表情，冰冷、没有一丝生气，眼神都能够杀人。

他在北京没什么朋友，只能厚脸皮给各种久不联系的同学打电话，祈求有一两个好心人念及旧情。幸好，这世界上真有好人，虽然好人话很多，但母亲终于住进了医院，不用再在宾馆里日夜不安。

穿刺结果依然不好。医生告诉他时，他晃了一晃，感觉天旋地转。他想起妻子做检查的情形，那似乎并不久远。他极力控制住自己的情绪，拖着双腿回到病房，用最大程度的平静，半真半假地把消息传给母亲："穿刺结果是恶性，但分型很好，恶性程度特别低。而且，而且发现地特别及时，是早期……只要配合治疗，效果肯定特别好。"

他整个白天带着笑，显得很乐观。但晚上回到酒店，一切伪装都被撕开，那些隐瞒的情绪，像不停歇的潮水，一阵一阵在伤口处反复冲撞，几乎拆穿他的身体。他对着白墙和木床拳打脚踢，嘶吼得整栋楼都能听到。怎么会呢？母亲不是一直很年轻很健康吗？他都已经这样了，为什么上天还拿他开玩笑？他窝心，他苦闷，他在精疲力竭中奔向冷静。他喘着粗气，不情不愿地意识到，他在温水里煮太久了，那些母亲还没老的错觉是荒谬的，他都已年近不惑，母亲是六十岁的老人了，她的身体早已衰老，只是那些对儿子的爱，变成一种催人操劳的激素，使得她看起来还好，但一切不过是假象，注定禁不起风雨，萧瑟过后，外强的纸片全部粉碎，中干的实质加速奔跑。

2

母亲的手术很成功。医生说，只要配合做好化疗，积极控制病情，母亲再活五年也不是没可能。但即便他把"五年"变成

"十年"，母亲还是像断线的风筝，一瞬间衰老。原来衰老是如此简单的一件事。母亲整天无精打采，对一切家务都不再上心，唯一在意的事就是帮他相亲。他不愿接受，但不得不接受。他已不再是二十多岁，他已经会和世界和解。只是他难以想象，母亲有这么多"朋友的女儿"，从老师到护士，什么职业都有。

这次的相亲对象是名护士，这是他唯一知道的信息，除此之外，姓名、年龄、联系方式、见面地点，他一无所知。母亲说这些他不需要知道，让他只管放心地带女儿玩，还说知道他不喜欢拘束，所以这次相亲就现代化一些。他内心苦笑，他确实向母亲吐槽过他对相亲这种行为的看法，但他完全想不到母亲还有这样"现代化"的操作。

他很久没有放松地休假。在杭州时，他真的是把"996"当福报，虽然每天都忙得连轴转，但他习以为常。他一度觉得他是如此习惯杭州的生活，如此习惯杭州的生活节奏，觉得一切天经地义。如果不是母亲生病又故土难离，他说不定会在杭州再待五年十年，甚至一辈子。但所谓的习惯也许就是纸笼，一扎就破。一回到瀛洲市，他又突然觉得以前的生活十分可笑。那种完全没有休闲，只是一直不停向前奔跑的生活，似乎是在浪费时间。他回想之前的几年，他似乎什么成就感也没有。他只是凭着惯性，无趣地、徒劳地向某个方向行走，像一个没有灵魂的木乃伊。那是多么可怕。

他和女儿玩了滑草、滑水、卡丁车，玩得特别开心。但开心之余，他又总觉得心里不太踏实。相亲对象还没和他联系，这让他总有一种假期就要结束，而工作还没有做完的沉重。他拿起手机拨打电话，母亲没有接，他把手机揣回身上，像个尾巴一样跟着女儿，在青松岭的无动力乐园里四处穿梭。他看着女儿在各种滑滑梯、高空自行车、吊桥上转来转去，忽然有些恍惚。他原以为女儿会更喜欢碰碰车和滑水，没想到女儿最喜欢的竟是这些原生态。他想起女儿每次回农村老家都特别兴奋，会在鸡圈前逗小鸡，半小时都不厌倦，也会在菜地里挖一上午荠菜。他耳边传来妻子的声音，看吧，女儿就喜欢在农村生活。他愣了一下，他觉得当然不是如此。

女儿开始爬一个倒"V"形绳网。绳网很高，加上底座，得有七八米，他看着就有点心虚。女儿大声喊："dāidāi，你快上来，我们一起滑呀！"女儿一般喊他爸爸，但有时也会喊他dāidāi。他不知道女儿为什么这么喊，是daddy的意思吗，还是说他很呆？他没问过女儿，他不知道答案。但有个答案他知道，女儿这么喊时，声音甜腻，是在撒娇无疑。

他尝试爬了几米，突然觉得一阵晕眩。他不知道是高血压的缘故，还仅仅是他年纪大了。好吧，已经要落伍了吗？他不再逞强，自觉往下退。女儿奋勇向前，小伙伴们纷纷被甩下，他们或是如他一样打了退堂鼓，或者逡巡不前，只有一个小男孩和女儿一起攀到网顶。

"你今年多大了？"女儿和小男孩搭起了话。

"我今年九岁。"

"哦，你和我一样大。我们比一比啊？看谁先爬到头。"

他抬起头，看着女儿在绳网上奶声奶气地聊天，突然有些想笑。九岁对他来说太小了，这个年纪的社交，不得不让他有一种喜感。他想起他九岁时也非常傻气，那时他曾跟母亲参加过一次婚礼，对同一桌一个小女孩很有好感。他很想和女孩说说话，又一直不好意思。他看到女孩喜欢吃蛋糕，就不停地拿起蛋糕，一边说"吃多了"，一边在女孩附近走来走去。这种傻子般的行径当然赢得不了女孩的好感，她自始至终都一脸淡然地坐在那里，没给过他一个笑脸。他后来再没见过那个女孩，这让他有时回想起来还有些说不出来的遗憾。

他低下头。阳光太刺眼了。他想。他小时候一直好奇光是什么。后来长大才明白，光是一种粒子，也是一种波，具有波粒二象性。波和粒子，截然不同的东西，居然都是光的形象。这似乎很矛盾，又似乎很自然，就像女儿一样。女儿单纯，是个孩子，同时她又复杂，像个大人。她常会讲出让他匪夷所思的话语，做出让他感到诧异的事情。他相亲后，女儿曾认真地问他："爸爸，你是不是要给我找个新妈妈？"

他被问得措手不及，不知怎么回答。他想说些什么来解释，又觉得好像说什么都不太合适。他问女儿："是不是奶奶和你说了什么？"女儿的表情有些悲壮："有个妈妈也挺好的。我又不会是灰姑娘。我会给你踩背，还会好好学习。"她顿了顿又加重说："我要用我的努力，换来爸爸的陪伴。"

女儿的声音是如此清澈，又如此厚重。他的心脏像是被毛毛虫触动，酸酸的、涩涩的。他的眼泪一瞬间流下来，他猛地抱紧女儿："不管什么情况，爸爸都会陪在你身边。"女儿若有所思地点点头，伸手擦去他的眼泪，轻轻地唱起歌："我和你断了联系，不代表我不想你，走到哪里还是会有惦记。"他眼泪流得更多。女儿已经能够独立思考了，他以后要是去相亲，他一定要带上女儿。她有一票否决权。

他看向女儿，女儿此刻又是一个孩子，在绳网上辗转腾挪。他想起昨晚他躺在床上看书时，刚写完作业的女儿竟爬上床，托起他的脚，给他剪起脚趾甲。他难以形容当时内心的变化，那是一种夹杂震惊、温暖与悲伤的波澜。妻子以前也会给他剪指甲，那都是很久以前的事了，他相信女儿那时还不会有记忆。

<h1 style="text-align:center">3</h1>

母亲回了电话，她说她刚刚在小区散步，没带手机。他寒暄两句，叮嘱母亲要小心。母亲现在需要定期化疗，本来就需要陪伴。前段时间母亲又突然脑梗，更成了需要照看的对象。让这样的母亲一个人在家他实在不放心，他想让母亲一起来青松岭，母亲却不同意，她说她不想颠簸。这当然是说辞，但他多少能理解母亲。化疗后母亲开始掉头发，她最近出门都带着假发。一定程度上，假发和温泉的确有些不太搭配。

母亲要是有个伴儿就好了，这样他就不会如此揪心。他父亲是三年前去世的，但母亲没伴儿已不止三年。父亲不知道什么时候在外有了女人，女人还给父亲生了一个女儿。父亲一开始还遮遮掩掩，都是打各种马虎眼，才去和女人见上一面。但他去杭州上学后，父亲渐渐明目张胆起来，经常夜不归宿，说出去"打牌"。

这当然瞒不住母亲。他还记得那天，他刚上完毛泽东思想概论，母亲给他宿舍打来电话，抱怨他父亲不是东西。他当时正沉浸在课程的震荡里，东施效颦地劝母亲"枪杆子里出政权"。这当然是不可能的，母亲当了一辈子老师，一直喜欢体面，她才不会像个疯子，闯到小三家丢人现眼。但他那时十九岁，年轻气盛，做事时常上头。他一放暑假就摸到女人住的地方，把女人暴打一顿。女人猝不及防，她先是闷，后是躲，在父亲赶来后又开始闹。她摸着红肿的脸，坐在地上撒泼打滚要报警。

这当然报不得警。他一时激动，下手没轻没重，严格来说，这顿打算是轻伤害，足够判他几年。他却血冲了头，一点也不知道害怕，撕天裂地地吼着："报警就报警，我还怕你了？"但父亲还是比他清醒，一把抱住女人，说："报什么警？有了案底这孩子就毁了。"

女人当然不服气。但三十岁对有些女人来说，毕竟已是会算计的年龄。在母亲推开观众进场后，女人迅速冷静下来，决定把利益最大化。她对母亲说，要再有下次，她就鱼死网破，让他吃不了兜着走。母亲，一个原配，为了自己的儿子，只能含着泪妥协了。她低三下四地向女人道歉，说绝不干涉她的"幸福"。

多么荒谬？他后来一直后悔，觉得他害了母亲。他哑巴吃黄连，只能把气撒到父亲身上。他处处顶撞父亲，事事和父亲对着干。找工作时，父亲想要他回瀛洲，他憋着劲要在大城市找工作。他反复参加各种招聘，终于应聘上杭州一家世界五百强企业。他从项目管理人员做起，慢慢混到公司中层，在负责港务大厦工程时，结识了他的妻子，又在杭州结了婚。他觉得他不听父亲的话是对的。

女儿还在和男孩搭话，男孩却始终有些冷酷和腼腆，一副不善社交的模样。想起九岁的那场婚礼，一个小男孩拿着蛋糕走来走去，走着走着，男孩变成一个少年，少年骑着自行车来到学校停车棚，停好车后再步行走到教室，看见同学们在车棚外说说笑笑，他却无法融入，和男生相遇还好，还能不咸不淡地聊上两句，遇到女同学，他始终缩手缩脚。他很想和女同学说说话，可他开不了口，他只会不远不近地跟在她们背后，一路无言地走进教室，走得很累很累。

　　他牵动嘴角，自嘲地笑了笑。他意识到，他似乎一直不善于表达自己。小时候，父亲确实发自内心地对他好过，带他出去玩，给他买好吃的，但他好像从未对父亲表示过亲热。女儿会喊他"dāidāi"，会给他剪脚趾甲。这些行为他永远做不出来，他只会给父亲带来麻烦，或者是自以为是地顶撞父亲。也许父亲确实需要一个小棉袄，而不是他这样的皮夹克。他想起父亲那张沧桑的脸，还有母亲打来的电话："你快回来看看你爸吧，他马上要不行了。"

　　"我不去，他不要我了，我为什么要去？"

　　他痛苦地摇头，仿佛看见无数个父亲包围自己。他们急切地看着自己，似乎要说什么，最后却来不及。他们只是越退越远，身影渐渐模糊，最后消失不见。

4

　　他走到绳网对面。那里有一个牵着狗的女人，居然是红绿灯处照面的女人。他们互相对视一眼，都有些惊讶，似乎也有一些欢喜。他想和女人说两句话，是的，既然已是两军对垒，短兵相接，他觉得必须要说两句。他不可能再像从前那样，腼腆不说话。他说："没想到能在这儿遇到你。"

女人笑着点头，说："是啊，太巧了，你怎么也在这儿？"

他犹豫一下，觉得没必要进行过多说明。他说："我是带女儿来玩的。"

"是吗，好巧。"

"你一个人来的？"

"不是，我带他一起来的。"女人指了指冷酷的小男孩。

他心里不知怎的失落了一下。他指着女儿说："我也是带孩子来的。"说完，他看向小狗，说："你这只狗很漂亮。"

"是吧。这是一只串串，大家都说好看。"

客套到这里差不多可以结束，他可以装作没看见对方，也可以开始和女儿互动，在走的时候再说一句"再见"，这些礼节足以应付这个场面。他沉默了。虽然，他似乎想和这个女人多些联系，但他应该沉默，世界也随即沉默，寂静了大概半分钟时间，最后是女人打破了僵局："就你一个人带女儿来的？你家那位呢？"

他愣了一下，好像是没听到女人的话，然后，他缓缓地转过头，看向女人，又好像没看见任何人。他似乎已经游离于世界之外，只有声音还在这里残留："她五年前去世了。"这个问题或许超出了女人的想象，她"啊"的一声惊叹，然后以快速、急切的语气补上一句"对不起"，随后眼睛微微上扬，似乎是陷入了思索。他并没觉得女人失礼，他只是低头看着跳来跳去的串串，连珠炮似的输出记忆："没什么对不起的，你也不知道。其实还好。前几年确实很难熬，她得的是 ALS。嗯，一般我们叫它渐冻症。

她是延髓起病，病程很快，我带她去了上海治疗，但没什么用。我们都知道最终的结果，确实很无力。"

他讲话语气很平淡。眼泪却在眼眶打转。他想起妻子双手抱膝，在病床上缩成一团，惊惧地说："我不想死，老公，我不想死。我害怕。我怕……"他从未见妻子如此无助，像寒风里的一片树叶。他极力抱住妻子，想要给她温暖，那当然是徒劳无功的。妻子眼泪流出来，像大海，连同绝望一起，把他摁进冰冷的深渊。

一只手伸过来，拯救了同样无助的他："那你一个人一定很不容易吧？"

"说不容易肯定是不容易的，但现在还好，女儿慢慢长大了，没小时候那么费心了。我们不说这个，你家先生呢？"

女人面无表情："我没有先生。"

他诧异地看了她一眼，他不知道接下来该说什么，他不知道她是离婚了还是丧偶了，或者是别的什么情况，但总之他觉得不该询问下去。

女人看看他，似乎知道他的想象。她嗔怪地说："不是你想的那样，那男孩是我姐姐家的。我今年才二十八岁，男孩都九岁了，我总不能高中刚毕业就怀孕吧？"

"对不起，对不起，我没想到你才二十八岁。"他出口就发现错了，赶紧重新组织一下语言："不，不是，我是看你带一个孩子，就思维定式了……好吧，我承认，我看人一向不准。我刚上班的时候，曾喊比我没大几岁的人叫叔叔，在单位闹了好大笑话。"

"好吧……但我觉得我还是不能原谅你。你是不是觉得我已经三十多岁了？我看起来那么老吗？"

他看向女人，发现她也有犀利的一面，他有些招架不住。女人看着他，突然又笑了："其实也没完全说错，我离过婚，某种意义上，我们是一样的。"

5

窗外一点一点地黑下去了，白天的景色都很遥远，只有餐厅里的光格外灿烂。女儿和小男孩早已撤退，他们在柱子间玩捉迷藏，只剩下他和女人与食物作战。他问女人："还要再吃点什么吗？你说，我再点。"这是赔礼的饭，起码应该管饱。

"不用了，我都吃饱啦。"女人说。

女人说完就看着他，他也看着女人。气氛有些微妙又有些尴尬，怎么突然没声了呢？明明他们刚刚还聊得十分投机，他知道她的前夫是一个医生，在出国进修后感情变淡，直到她已经与过去和解："人生是本书，不能纠结过去某页没写好，要写好以后的每一页。"但她一停声，似乎共鸣就在衰减。他想组织什么话题，却有些走神。他想起女儿走前的疑问："爸爸，这是你要给我找的妈妈？"他不知道妻子在女儿心中什么样子，但面前的女人当然不会是妻子，他觉得她们根本不像。更重要的是，他想女儿是不是搞错了一件事，女人，并不是他的相亲对象，但他来不及解释，女儿已经跑走了。

女人又开了口："我对你第一印象很好。"

"是吗？"

"是啊。其实，我下车的时候很忐忑不安，我不知道会是个什么样的人，我不太想和那些不喜欢的人打交道。然后我看见你，觉得你很温和，好像也很忐忑的样子，就不由得笑了。那感觉，就好像看见了一面镜子，我在你身上看到了我。"

镜子呀，他也常常觉得自己在照镜子。他看见女儿，常常感觉像看到妻子。女儿那些细微的小表情，无疑是妻子的复刻品。他时常感觉自己已经忘了妻子，可以正常地上班，正常地带女儿，习惯于现在的生活，也不会在夜晚睡不着觉。但他又总在一些意想不到的时刻，一头扎进回忆的深井，怎么爬也爬不出来。他记得妻子在看电影时的哈哈大笑，记得妻子说想他时的害羞与大胆，更记得妻子坐在病床上的柔弱和无助。那些都是充满酸涩痛苦的折磨，就如此刻。他摇摇头，说："聊了半天，我还不知道你的名字呢？"

女人没搭理他，她跟着餐厅的音乐在律动："我是个离婚的可爱女人，我是个可爱的离婚女人。"

他静静地看着女人，再一次感到温暖。他突然自私地想，如果有个人一起，也许他能对抗那时不时湮没他的记忆。也许，如果有一点幸福，他大概能跑赢流逝的时间。像女人刚刚说的，人需要向前看。他知道无论走得多远，妻子依然会在，但他自私地想再走一点。如果能走远一点，在那排山倒海的记忆降临时，他能好过一点。母亲应该是这样期盼的。也许，父亲也是这样期盼的。他忽然觉得紧张，整个人也变得木讷，像个雕塑一样没了生命力。他仿佛看见女人伸出了右手，也仿佛听见她说："我叫罗小莫，是一名护士，很高兴认识你。"

他不知道这一切是否都是真的，还是只是他的想象。也许女人早已离开，此时只剩下他一个人。他犹豫着，但最终伸出了双手。

隔·离

1

电视里播着庚子年新年快要到来的消息，仇晓没有在意。她心里想的是离婚，看样子是非离婚不可了。

自从上次"捉奸"后，她和赵瑞关系到了冰点。最近几个月同居生活，他们唯一的交流方式是拳脚相加。对这个没温度的"家"，她没有丝毫留恋，要不是考虑年幼的儿女，她早做出决定。心又痛起来。仇晓放下扫帚，捂着胸口走到沙发边，好一阵，她才从心痛中缓过劲，开始劝说兀自兴奋的儿女们洗澡。看着他们一如往常为了谁先洗而争吵，仇晓又是一阵心慌——她一个人决计是带不了两个孩子的。放弃其中一个？不，那万万不能。仇晓六岁时父母离婚了，判给父亲的她十分清楚，没有母亲的童年是多凄惨。女儿今年也是六岁。脸上有液体缓缓滑动，可能是从女儿头上溅过来的水珠。抑或是，此刻如果有镜子，能照出一张悲伤的脸。

给两个孩子洗完澡，通往睡眠的万里长征终于迈出第一步。洗脸刷牙讲故事以及打地鼠一样不断按倒翻滚的两个人，都是一眼看得见的活儿。一个人真的很累。要是没有赵昶，她一定离婚了，真想把他塞回肚子里。明明无比爱儿子，仇晓还是忍不住这样想。

大门"哐当"响起来，一定是赵瑞回来了。仇晓一阵慌张，连忙默念，不要过来，不要过来。赵瑞兴许是听到她的话，径自去书房睡了。赵昶出生后，赵瑞嫌儿子闹，从此住进书房。八个月后，赵瑞又进了屋，仇晓以为往日生活就这样得以恢复。她实在是太天真了，赵瑞根本没有和她同居的意思，要完她就甩手走了。即便这样，仇晓也总期盼他来，那毕竟是他们夫妻沟通的一种方式，特别亲密的方式。可上次"捉奸"后，赵瑞过来却只会家暴。还是离婚吧，看到他都害怕。孩子怎么办，选哪一个？仇晓心脏一阵紧缩一阵火热，又一次"长夜终开眼"。

清晨的阳光洒进来，意味着白天来临了。白天会不会轻松？可惜，尽管年关将近，仇晓依然很忙。她慌慌张张做好早饭，打仗一般催促两个孩子起床洗漱加吃饭后，又脚下生风地骑着电瓶车把孩子们送到幼儿园，满脸堆笑请老师多照顾。一路颠到单位，各种总结、报表、新闻扑面而来，简直让人喘不过气。

转眼又是晚上。她有点害怕晚上。

从食堂买了包子，仇晓急匆匆赶往幼儿园。不用想也知道，此刻老师必定是满脸不高兴地站在门口，为她的迟到而愤怒万分。

偏偏电瓶车在这个时候没电了，她只能一边吃力地推着车，一边给赵瑞打电话求助，却遭到了赵瑞的断然拒绝："这个点正是堵车的时候，我去也没用，你自己忘记充电，凭什么我去接？"仇晓一时语塞。电瓶车好像更重了。

仇晓心慌起来。为了她的孩子，老师往日已经要晚下班一个小时，今天到幼儿园要更晚，老师铁定气坏了，到时候指不定还要挨顿骂，孩子更不受待见了。说不定，老师还会顺带建议她找个老人帮着带孩子。这个问题仇晓考虑真不止一次，她和赵瑞反复提过，要不让赵瑞父母来一个人，她一个人带孩子真的太吃力。可每到这时赵瑞总摆出一副吃人模样，说："我父母在老家生活惯了，你要拆散我父母，打扰他们的幸福？带个孩子你怎么这么多事？你爸一个人，他怎么不来？"

一扯到自己父亲，仇晓只能不说话。父母离婚后，仇晓和父亲关系一直不是很融洽。经历青春期种种冲突，他们关系雪上加霜。父亲身体越来越差，他也渴望有人照顾和陪伴。正好，一个离异老同学与他关系日益密切，他们打算结婚。这时候，怎么叫他来？赵瑞不是不知道这个情况，但是，他总有道理。仇晓又是一阵心酸。

天渐渐黑了。仇晓想加快速度，电瓶车重若千钧，每一步都耗尽她所有力气，她气喘吁吁，在大冬天汗流浃背。突然，她胸口莫名一闷，心脏像是受了重击，脚下轻飘飘起来，像走在太空中。仇晓拼命挣扎，终究还是连人带车轰然倒下。

世界喧嚣起来，终究归于静寂。

2

仇晓听到似有似无的呼唤声，像从耳边传来，又像来自一公里以外。"仇晓，仇晓，我爱你，嫁给我吧。"这不是结婚那天赵瑞说的话吗？前天，她仔细辨认过他的脸，依然和八年前爱她的那张脸毫无二致，为什么如今只有冷漠？

一定是因为那个叫罗佳的女人，仇晓还记得那天她的表演。罗佳低着头，委屈地说："你不要一遍一遍地折磨赵瑞了，你到底要把人逼成什么样啊？你就放过赵瑞吧，他都被你逼得可怜死了！我看着好心疼。"这个绿茶，仇晓忍不住要动手，手却被赵瑞抓住，结结实实挨了一下。看着罗佳嘴角转瞬即逝的笑意，羞愤的感觉袭遍全身，被打的脸也火辣辣地痛起来。仇晓下意识地摸上去，湿润的触感传来。她睁开双眼，只见几个陌生人围在她身边，掌心鲜艳的红色触目惊心。

仇晓努力地爬起来，围观人群水波一般散去。她上下打量电瓶车，还好，除了左后视镜碎了，看起来没什么问题。她拿出湿巾，对着右后视镜简单擦擦脸。脸上一缕缕伤口，像一条条蚯蚓攀爬。不会毁容了吧？就算不毁又怎样呢？仇晓摇摇头，继续推车。四周车灯亮起来，仇晓凄惨地笑了，天都黑了，遗传自己胆小性格的女儿会不会哭？

仇晓远远地看到女儿，她果然一脸惶恐，倒是儿子满脸冷酷的毫无畏惧。仇晓丢掉电瓶车，心酸地一溜烟跑到女儿面前，一把抱住她："对不起，对不起，妈妈来晚了。老师，实在不好意思，我电瓶车没电了……"

　　和预想的不一样，老师完全没有雷霆震怒的迹象，反倒是像个泄气的皮球，一脸同情地看着她。仇晓嘴角抽动，不知道是不是该挤出一个笑的表情。老师打断了她感情的酝酿，简短地说："下次记得充电，不早了，抓紧回家吧。"仇晓有点想哭。

　　晚上还是机械的流程。仅仅是想象那漫长的"节目单"，已足以让仇晓感觉窒息。生活，为什么会变成这个样子，看不到一点希望和曙光？小时候，她不是公认的"幸福"的人吗？难道，灰暗且看不到一丝光亮的人生，这就是那时期盼的长大？

　　两个咿咿呀呀的小朋友终于睡了。仇晓拉扯被子，把他们舒适地包裹起来。她挨个亲了亲孩子们的额头，自己缓缓地躺下。又到了思考人生的时候了吗？离婚还是不离婚，这是一个问题。这个状态下去绝对是不行的，凭什么犯错的是他，受折磨的是她？嫉妒的毒蛇咧嘴笑了，吐出蛇信子，在她心脏上试探地舔舐，湿滑冰凉，带着阴森冷意。陡然，它张开血盆大口，两只牙钉子般狠狠扎进眼前的猎物，放肆地大快朵颐。撕扯的痛感从心脏蔓延，四处溅射的血液，灼热火辣，烫伤五脏六腑。她不能呼吸，她想大声呼喊。

　　似乎可以睡了，不，还有最后一个问题，人活着是为什么？就为生儿育女？突然，仇晓闪过一个可怕的念头，更可怕的是，她竟隐隐有些兴奋。这么长时间以来，她第一次为一件事兴奋。纵然如此，她不敢想下去，她被自己吓到了。

3

不对劲，非常不对劲。别说那些人若有若无投向她又闪躲的目光，哪怕是空气中都弥漫着一种波诡云谲的气息。绝对出了什么不好的事情，而且这个事情和她有关。可是，能是什么事呢？她平淡如水的生活，完全看不见一丝波澜。除非，刘汐把她的事抖出去了？

不，不可能，纵然，刘汐也会和别人一样，以取笑她为乐，纵然，有时候玩笑有些过火，她受到伤害。但是，刘汐是她最好的同事，像生活中的蜡烛，火焰虽然不旺，却一直存在，能在悲凉的时候给她温暖。仇晓按下满心不安，边吃饭边看手机。

对面坐下一个人，抬头一看，原来是骆晗。真是人比人气死人，骆晗比她小三岁，如今已是部门副经理，她还始终在专职岗位上原地踏步，看不见向上的苗头。更可气的是，骆晗长得白净，头脑又好，甚得大家喜欢。仇晓也喜欢他，他是唯一没取笑过她的人。而且，他会时不时讲个得体的笑话，逗得她抿嘴一笑。今天的骆晗有点反常，满脸严肃，一字不说。他这是怎么了？仇晓很想开口，最终却畏畏缩缩地埋头吃饭。

许久，仇晓脸上火热，像是被凸透镜聚焦一样。她小心翼翼地偷瞄骆晗，发现他正盯着自己，她赶紧低下头装作不经意地吃饭。骆晗开口说："你总是这样被人欺负？"

"什么？"

"我说你总是任人欺侮不敢反抗？你知道今天大家都说你什么吗？"

仇晓心里一寒，看样子自己的预感是真的。她说："能说什么，说什么反正也不重要。"

骆晗陡然大声起来："他们凭什么议论你，你也真是的，告诉她们干什么？"

仇晓摆弄几下筷子，似乎是辩解地说："我只告诉了刘汐一个人。"这句话似乎更激怒了骆晗，他叫嚷着要去找刘汐算账，站起身来就要走。仇晓慌了，她赶紧拉着骆晗衣角，说："不要去，不要去，我不怪她，她也没说假话。"骆晗的神色变得很可怕，脸上满是难以置信的表情。他一转身，一句话不说地走了。

整整一个下午仇晓都心神不宁。刘汐为什么要从背后捅刀子，不是说好不告诉任何人的吗？还有，骆晗打抱不平的样子居然有点像几年前的赵瑞。难道，他……不，那是决计不可能的，虽然隐约感觉骆晗很照顾自己，但毕竟自己是两个孩子的妈妈，他却风华正茂，他怎么可能做这样的选择呢？如果，像刘汐所说那样舍弃一个孩子，也许她还能有更好选择。可是她没办法呀。手心手背都是宝，两个孩子都太可爱了，她一个也不愿放弃。怎么办？也许，只有离婚老男人愿意接纳她和两个孩子吧。仇晓竟笑了。

正发着呆，一个人闯进来，仇晓心脏扑腾扑腾地加快跳动。原来是骆晗，他脸上看不清什么表情，平淡地说："刘汐这个女人我教训过了，你啊，就是太胆小了。"什么，骆晗把刘汐教训了？仇晓感觉氧气有些上不来，大脑昏沉沉的。她下意识地站起来，问："怎么教训的？"骆晗没有回答，径自上前两步。仇晓从未见过这样的骆晗，她莫名有些尴尬，愣了半天才说："谢谢。"

"你谢什么？"

"我谢谢你关心我。"

"你永远不用对我说谢谢。"

仇晓心里没来由一暖。她看着骆晗，只见他眼中冒出了从未有过的火焰，熊熊燃烧让人心悸。仇晓第一次觉得，也许骆晗对自己与别人有些不寻常。

4

仇晓公公来了，他的慢性气管炎要在市里的医院"夏病冬治"。对仇晓来说，这倒是求之不得的好事，至少孩子放学不愁没人接。

婆婆没有来。

仇晓想，她肯定还没准备好用什么面孔来面对自己。婆婆是个不坏的人，但绝对不是一个公平的人。仇晓曾以为她是自己的指望，可在经历了一些事后她深深地明白，婆婆虽然常说什么"我把你当作亲生女儿"之类好听的话，可本质上着实是个靠不住的人。"捉奸"后，婆婆居然说："算了算了，你这样苦着脸干什么呢？这件事肯定是他做得不对。但是你知道的，赵瑞好面子呀，你得给他台阶下。他这个人可不容易，从小就吃够了苦。家里穷，他就要面子。"仇晓听得一肚子火。

赵瑞难得回来吃个晚饭。女儿挂在他身上不肯离开，一向冷酷的儿子也一直说要抱抱。赵瑞没有笑意，但是也没有拒绝儿女的亲昵。仇晓暗自揣测，赵瑞有没有可能回头？不是都说浪子回头金不换吗？她并不相信赵瑞会对罗佳天长地久，罗佳看起来还没钱芮好看。想到这里仇晓都觉得自己有些可笑，赵瑞都和罗佳混在了一起后，她才知道有一个钱芮的存在。那还是七八个月以前，当时她越发断定赵瑞出轨，从前他回家总带着笑，现在见到她总一副臭脸，对她的拥抱亲吻更显得敷衍和不耐烦。她敏锐地怀疑，赵瑞是和同事出了问题。她几次想到赵瑞单位看看，却总是被拒绝。有一次她偷摸过去，却在电梯口被赵瑞摁住了。赵瑞一本正经地说："单位规定不允许家属探视。"

这是什么荒唐理由？仇晓不甘心地私下调查，发现赵瑞有个小号QQ，里面满是和钱芮的聊天记录，都是能上热搜的那种。她拿着打印的聊天记录和赵瑞抗议，赵瑞却丝毫不慌，轻描淡写地说他们早已分手。看着赵瑞如此笃定的模样，仇晓只能带着怀疑选择相信。可几天后的早上下了大暴雨，仇晓就坐赵瑞的车上班。过涵洞时，赵瑞的手机铃声响了。仇晓刚拿过手机想帮他看一下，赵瑞竟在这个时候松开方向盘，一把夺过手机，将手机扔到后排座位。仇晓傻了一天，临下班时，她摸去赵瑞单位，找到钱芮大闹一场。钱芮梨花带雨，赌咒发誓说当时不知赵瑞已经结婚，现在早已分手。钱芮的表情看不出一点作假的迹象，那种委屈、尴尬、耻辱甚至连仇晓都感同身受。仇晓可以想象，未来相当长一段时间内，钱芮在单位的日子都不会太好过。可她来不及同情别人，当晚赵瑞就第一次打了她。

仇晓偷瞄一眼赵瑞，他正语气和缓地说："爸，你不着急走，反正马上过年了，到时候我送你回去。"仇晓心中一喜，今天赵瑞心情不错。仇晓说："赵瑞，正好爸也在，我们谈谈吧。"赵瑞瞪了她一眼，恶狠狠地说："谈什么，有什么好谈的，想谈待会儿我去你房间谈。"仇晓屁了，小声说："那也行。"

吃完饭，公公逗两个孩子玩，仇晓慢吞吞地收拾碗筷。突然，赵瑞走过来说："进屋吧，待会再收拾，你不是还要谈吗？"仇晓不安地跟着赵瑞走进房间，赵瑞一关上房门就流里流气地摸着她的胸说："想谈什么，谈你想我了，谈几个月没男人，日子过不下去了？"

血液瞬间涌上了仇晓的脸，她用力甩掉赵瑞的手，赵瑞却回手一巴掌打在她脸上。真正挨打之后，仇晓反而没了恐惧，她冷着脸说："你是个男人吗？"

"我怎么不是个男人？"

"打女人算什么男人？真正的男人都是让女人感到幸福，只有你这样无能的人才会打老婆。"

赵瑞没再讲话，只是用拳脚回答她。好一阵，赵瑞打累了，这才气喘吁吁地甩门离开。仇晓看着赵瑞离开，一个人缩在墙边。看样子没有谈的必要。事实上，回心转意什么都是痴心妄想。人是会变的，但是再也变不回从前。还是离婚吧，如果不离婚，她早晚死在他手里。仇晓的心又疼起来，眼泪也大滴大滴地滑落。黑暗中，一个女人心如死灰。昨晚的念头冒了出来，她认真地思索。

女儿突然闯进来，仇晓赶紧抹干眼泪："宝贝，怎么啦？"女儿说："妈妈，你在这里干什么啊，快陪我做作业吧，不然明天得不到小印章了。"仇晓心中涌出一种不知名的情绪，一把将女儿紧紧抱在怀里。女儿怔了一下，随后也温顺地抱着她。女儿终究还是她的宝藏，她不能抛弃她。仇晓强忍住眼里的泪水。

过了很久，仇晓终于得以躺下。意外的，她今天不想思考人生，她想起了骆晗。你永远都不用说谢谢。仇晓脸上发热，仿佛还有那温暖残留。

5

仇晓一进家门，一场风暴开始。躺在沙发上的赵瑞斜眼看她，说："还知道回家啊？"仇晓说："我和爸说了，今天加班。"赵瑞冷笑说："你能加什么班？怕不是出去鬼混了吧？"仇晓脸一冷，没搭理他。赵瑞脸更黑了，抓着她左边胳膊，大声吼道："我说话你没听见是不是？"仇晓说："我不想和你烦，时间不早了，我得收拾孩子睡觉。"赵瑞手腕一用力，仇晓脸上立刻扭曲，她右手拽着赵瑞，极力想挣脱。没承想，她人没逃脱，脸上结结实实挨了一下，响亮极了。

女儿跑了出来。她颤颤地说："爸爸你在做什么啊？"赵瑞大吼："大人的事小孩别管，你进屋去。"女儿像被施了定身法，惊恐地愣在那里。仇晓不知道哪里来的力气，一骨碌摆脱赵瑞，冲过去抱住女儿，正听到赵瑞不屑地说："你就是矫情！"窗户传来沙沙的声音，下雨了。

这雨真大，打在地上溅起无数水花。雨幕里，竟有一个女人没打伞，慢吞吞地走着。街道十分空旷，她的心也十分空旷。雨落在身上，十分冰冷，她的心也十分冰冷。世界这么大，哪里有她的家？她躲进超市。没有冰雨继续冷冷拍打，她竟觉得更加瑟瑟发抖。湿透的衣服无法取暖，更像冰冷的囚牢。仇晓嘟囔着：

"就像我的婚姻。"她滑动手机，想打个电话，却不知道能打给谁。她反复看着屏幕上刘汐的名字，终究放弃拨打念头。她在朋友圈里写下一句话："我想有个小小角落。"

很快有人回复。原来，她忘记在权限设置里选择仅自己可见。马蓓说："怎么了？晓，我这有温暖怀抱。"静香也说："晓，我想你了。"暖意涌上心头。马蓓和静香都是她在家乡的好朋友，当初发现赵瑞出轨时，她俩都曾从几百公里外的家乡跑过来看过她，还陪她一起唱歌一起抱头痛哭。她们真的很好。仇晓有些后悔，为什么要为了赵瑞背井离乡，如果在家乡，起码还有马蓓，起码还有静香。可现在在这南京，她孤身一人。不，当初的决定也没错，赵瑞那时对她真的很好。可她没想到，"好"是个变量。

有微信发来，打断仇晓的悲伤，是刘汐。她说："你怎么了？"仇晓心里浮上一丝欣慰，刘汐还是关心她的。她正准备问刘汐能不能住她家，电话突然响了，骆晗的声音劈头盖脸传来："你在哪儿？你怎么了？"仇晓有点闷，只能像个木偶一样逐一回答。骆晗说："发个定位给我，我马上到。"仇晓刚想说不用，电话已然挂掉，她赶紧发微信："你不用来啊，我总不能住你家。"骆晗只打了两个字："听话。"仇晓嘴角抽动一下，还是乖乖地发了定位。

雨好像停了。

6

仇晓洗了澡。

温暖的感觉格外好。

她点亮台灯，拿起书读了起来。

住进这个公寓有几天了，她很喜欢这里。虽然房间狭小，只有简单的一张床和一个书桌，但这里确实是一个坚固的避风港，是她没想到的绝佳选择。她唯一的担忧，就是给骆晗造成负担。在这个地段，没有租金便宜的地方。虽然骆晗告诉她，这是他之前租的单身公寓，现在房子装修好用不上了，但是她心里还是有些忐忑。她想起那天的谈话。

"真的是之前租的吗？"

"真的呢，之前没想到房子装修这么快，所以一次性签了两年，还有半年多才到期呢。"

"你干吗对我这么好？"

"我想对你好。"

"如果，我最后不离婚怎么办？"

"他出轨还家暴，就是这样你还是不愿意和他离婚？"

"我不是一个人……我，我还有孩子。你不知道，父母离婚对孩子的伤害是多么大。我太了解……如果他还能变好，我还是想试试。"

"好吧。那如果是这样，那时候，我有我的办法。"

仇晓心中涌起几分暖意和感激。骆晗没说是什么办法，但仇晓相信他绝不是随口敷衍。和骆晗一起工作的日子里，她太清楚骆晗是多么靠谱。他不会给她带来任何负担。仇晓心中突然又浮上几分复杂，她难以说清楚自己的真实想法，用力挣脱还是选择回去？她不知道。她就是这样一个摇摆的人。

不知道孩子怎么样了。仇晓迟疑几秒钟，还是选择拨打赵瑞的电话。手机铃声响了半天，那头依然没人接听，仇晓正准备挂掉电话，赵瑞声音传来："什么事？"仇晓说："孩子们都好吗？"赵瑞说："好。"仇晓说："我回家你就走吗？"赵瑞说："是。"

仇晓还想再说些什么，赵瑞已经把电话挂了。仇晓的心被扯了一下。她是不是应该装聋作哑，像个鸵鸟一样才算对家庭好、对孩子好？难道说，她真的应该像罗佳所说那样，不该两次"捉奸"让赵瑞难看，不该逼他和那个女人分手？

"半年多了，就为了那个女人，你天天不回家，一分钱都不给我，我现在真没钱了。孩子马上辅导班又要交钱。"

"你以为我是为了罗佳不回家的？我是不想看到你。"

"那是不是我走，你就回家？"

"是的。"

一个女人冲进大雨里。

咔嚓，咔嚓。熟悉的冰层断裂，可怕的污泥显现出来。一只企鹅，在这面目全非的世界不知所措。它摇摇摆摆地走着，在生活的泥坑里模糊了颜色。走着走着，它怀疑自己错了。突然，有个声音说："勇敢起来，翻过那座山，对面还是白雪皑皑，那是你梦想的舞台。"

梦想，她这样的女人还配谈吗？仇晓把书推到一边，关灯上床。好像，她好久没有那个可怕的念头了，甚至，对生活又有期待。是因为，骆晗？他俨然变成她的人生导师，在点滴小事上指导着她。人和人熟悉起来，还真是快。变陌生也会很快？"好"是个变量？她会幸福吗？合上眼帘，好似一片黑暗。用力辨别，也能感受到光亮。

7

过年骆晗不回家了。在办公室里，骆晗问仇晓回不回家，仇晓说不回。不是她不想回，往年都是赵瑞开车带她回老家，今年和赵瑞闹成这个样子，她也指望不上赵瑞。如果是坐大巴带两个孩子回家的话，那可太难了。骆晗目光灼灼，仿佛知道仇晓在担心什么："真不回？要回我送你。"

仇晓说："不用啊，我真不回。"

仇晓食言了。一个小时后，静香打电话给仇晓，告诉仇晓她今天到南京提车，可以顺路带仇晓回家。仇晓思索一下，和骆晗说："静香来带我了，我还是要回家了。不要想我，我初五就回来。"

下了高速，窗外景色越来越熟悉，也越来越陌生。仇晓仔细在高楼大厦中追寻小时候的影子，追寻渐行渐远的童年时光。仇晓看了半天窗外，又把目光放到静香身上。她一直觉得，静香肤白貌美大长腿，性格还温润，有这样女人做老婆真是完美，没想到这样的人都会被背叛。钱飞真是渣男。她想起静香刚和钱飞离婚那阵，静香哭了得有几个月，整个人完全抑郁。她回来看静香，和马蓓两个人像疯子一般，反复打电话骂钱飞"渣男"，被拉黑之后她们又去单位堵着骂："女儿才一岁就抛妻弃子，你简直不是人！"

仇晓笑了，马蓓也是个硬朗的人，就像骆晗。马蓓至今单身。以前仇晓总着急，你一个大美女马上青春熬没了，你还拼事业？马蓓那笑起来也看不出笑意的脸上，总会浮现一丝无奈："人各有志。"

是的，人各有志，只是仇晓以前不懂。

静香突然说："离婚不是绝路，一条路走不通了，就要换条路。"静香的话很平淡，看样子是真心的。静香又说："你离婚吧，我感觉骆晗挺好的。"

仇晓说："你怎么知道？"

静香说："听你讲了一路，傻子也能有判断。"

仇晓说："赵瑞以前也挺好的。"

静香说："你怕了。"

仇晓说："我都俩孩子了。"

静香说："记住，不管什么时候，你都永远是人，你首先是人。"

仇晓点点头。下车后，仇晓先去看了奶奶，又看了外婆。父母离婚后，母亲偶尔接她去外婆家。她常埋怨母亲，你为什么不要我？母亲也总哭着说，妈妈也没办法，不合适的人在一起，每天都很痛苦。仇晓那时似懂非懂。母亲嫁走后，极少回来。只有外公偶尔会接仇晓，给仇晓买好吃的。前几年，六十出头的外公竟老年痴呆了，后来腿又坏了。外公清醒时总说他想出去。仇晓觉得外公特别可怜，可是她也背不动外公。

去年，外公走了，外婆很孤独。这世界总有人孤独。外婆常在看不见五指的黑夜里，一个人佝偻着腰，拄着拐杖，颤颤巍巍地走着。前方有什么呢？前方也许什么也没有，但是外婆还是会走着，不会停下来。

8

车停了。

骆晗说："你们上楼吧。"他看了看赵紫萱，说："紫萱再见。"赵紫萱没理他。上车时，骆晗给赵紫萱准备了巧克力，赵紫萱也不肯接。仇晓有些尴尬，只能赔着笑脸说："这孩子真不懂事。"可赵紫萱却回怼她说："我哪里不懂事了？我凭什么要吃别人给的东西？"女儿这突然爆发的脾气，让整个车里都显得寂静。仇晓想说什么，可是她看了看骆晗又看了看女儿，终究什么也没说出口。

赵紫萱拉着弟弟先上楼了，只留仇晓在楼下。仇晓看着骆晗，突然想抱抱他。她真的很感激骆晗。她刚向前迈了一步，骆晗似乎是有所感应似的，已经抢先把她抱到了怀里。仇晓很享受这个拥抱，可她不敢久留。楼上还有一个炸药包等着她处理。

骆晗走后，仇晓心里空落落的。她想发消息，又怕干扰骆晗开车。微信响了："开车的时候我也在想你。"仇晓说："我也想你。"骆晗说，下次有机会，和你一起玩"木头人"吧。仇晓说："好啊。"骆晗说："估计肯定是你先动。"仇晓说："为什么？"骆晗说："因为你心动了……"

仇晓笑了。没一会儿，她脸僵住了。心好像真的在动，不，不是那种平常的跳动，真的是悸动。她捂着胸口，整个世界天旋地转起来。她感觉自己要往前摔倒，用力向后仰。也许是用力过猛，她竟直直地跌了下去。她似乎听到"嘣"一声响，还有孩子惊慌的呼喊，下一秒，她失去意识。

　　她分不清这是醒着还是睡着，只觉得这是从来没有过的平和。冰箱、洗衣机、这个家、这栋大楼，一切都十分虚无。忙忙碌碌不知为何的工作、两点一线慌慌张张的生活，一切都了无生趣。生亦何欢、死亦何苦？她仿佛看见，奈何桥那里有人在向她招手，和之前的绝望不同，这次的招手十分平和。她心动了，她一步步向前走，心中很欢乐。突然，有声音在背后呼唤。

　　不要放弃，有我。

　　不要害怕，有我。

　　不要委屈，有我。

　　有我，有我，有我！

　　仇晓睁开眼，女儿正伏在胸口哭，儿子紧紧地抱着她的双腿。她摸着女儿头，说："乖，别哭别哭，我就是头晕。"女儿号啕得更厉害了。仇晓说："好啦好啦，我得去下医院。"两个孩子异常听话，紧紧攥着她的手出了门。儿子说："妈妈，我保护你，我长大了。"仇晓说："你是我的小骑士。"

　　地铁因事故停运，出租车也叫不到，看样子只能找人送。打给赵瑞？仇晓笑笑，那肯定是没用的。仇晓毫不犹豫地拿起手机，打给了骆晗。电话刚挂，赵瑞却回来了。仇晓诧异，他从没回这么早过。她说："送我去医院。"赵瑞说："送你过去我就回来。"仇晓说："行。"

　　过年时，街上人烟稀少，大部分人都回老家过年，不少店铺大门紧闭。仇晓发消息给骆晗，说："你不用来了。"骆晗说："赵瑞陪你吗？"仇晓说："不陪。"医院到了，仇晓刚下车，赵瑞"嗡"一声开车走了。仇晓正挂号，赵瑞又回来了。他说："我妈说了，不要你一个人在医院。"仇晓心情复杂。

针头一寸一寸靠近，仇晓慌了，她最害怕见血。她扭过头，像是寻求慰藉，只见赵瑞站得远远的，拿着手机不知道玩着什么。儿子说："妈妈，加油，要勇敢。"仇晓笑了。针头穿破皮肤，像是穿透一层又一层纸，血液一点一滴地流走，所有的温暖也流失了。她右手拿着棉签按在左臂上，左手拿着衣服。赵瑞像是没看见，很冷漠，女儿主动接过衣服。

刚做完心电图时，电话响了。仇晓接过电话，骆晗说："你在哪儿？我在医院一楼。"仇晓说："啊，我没想到你来，赵瑞在。"骆晗说："那好，我以为你一个人，我不想你在最脆弱的时候一个人，那我走了。"仇晓脸热起来，她转头看赵瑞，他一脸漠然，双手忙碌。她挂了电话才发现，有四五个未接来电，都是骆晗。她打起字，"谢谢"，又抹掉，最后说："我方便时再联系你。"

仇晓拿着单子进屋。医生看着单子，一句话没说，忽然，她对赵瑞发火，说："你能把手机放下来吗？"赵瑞愣了："啊？"医生说："你能把手机放下来吗？我就没见过，男同志带着女同志来看病，都进了我这个房间了，还一直玩手机的！"空气僵住，尴尬气氛蔓延。赵瑞呆了几秒，才放下手机。医生说："这么年轻的孩子，竟心肌缺血很严重，一定要重视，先按照心肌炎来治疗，严格卧床，不能伤心生气。"赵瑞说："哦。"

仇晓没有和赵瑞朝夕相处，赵瑞一直在打游戏，只有两个孩子一直缠她。仇晓喘不过气。她走进书房，说："我要静养，不然变成慢性或其他问题就麻烦了。"赵瑞说："就你事多。"仇晓说："我真得休息。"赵瑞说："你走吧。"仇晓说："我要离婚。"赵瑞说："好，你把协议弄了我看看吧。"

9

仇晓感觉她好些了。

居家之后，她从没这么轻松过，既不用斗智斗勇打地鼠，也不用绞尽脑汁填报表，生活好像按下暂停键。这小小天地，她是主宰，整个世界关之门外。骆晗是唯一特殊，他两天会带着饭菜过来一次。他们一起说说笑笑，看着平板电脑里的电影。

赵瑞偶尔会发消息来，女儿怎样，儿子怎样。极偶尔，他会问仇晓怎么样。仇晓有些发闷。她说："我好多了。"赵瑞说："你好好保重。"仇晓觉得，最近的赵瑞，无论从哪个方面看，都有点奇怪。

赵瑞又说："协议弄了吗？"

仇晓说："没有，你要是着急，我明天就能弄好。"

赵瑞不接这茬，兀自说："带孩子蛮累的。"

仇晓说："真的很累。"

"我思考过了，一个人带不了孩子。等你好了我们谈谈吧。"

"谈什么？"

"为了小孩，为了家里人，我想以后好好过。"

"你说你跟我吗？"

"我和罗佳分手了。"

"不是和罗佳分手不分手的问题。"

"我知道，是我的问题。但是小孩上学，真的需要两个人，一

个人搞不好，害了小孩，我自己带了不少时间了，我有体会，你
协议弄了吗？"

"没有。"

"你好好养身体。"

骆晗带了炸薯条。之前仇晓偶尔提起之前想吃薯条没吃到，
看样子他记在了心里。仇晓脸扭曲一下，把手机递给骆晗，说：
"你看赵瑞给我发的消息，他说的是真的吗？"骆晗低头好一会
儿，说："我感觉他挺诚恳的。"仇晓说："他能变好吗？"骆晗
沉默一会儿，看着仇晓的眼睛，认真地说："重点在于能不能变
好吗？"

仇晓心里猛然一抖。

骆晗说："你喜欢我吗？"

仇晓说："我喜欢你。"

"你喜欢他吗？"

"我不喜欢他。"

"那你在犹豫什么？"

"我不是一个人，我有孩子。"

"我不介意孩子。"

"可孩子介意。"

两个人第一次陷入谜一般的沉默。仇晓的头脑里仿佛有一万
根线纠缠，越缠越多，缠到大脑不能思考，又仿佛勒上她的脖子，
让她有些透不过气。天有点晚了，骆晗要走了。赵瑞又发信息来，
说："明天我们谈谈吧。"

骆晗说："如果你想好要谈，我不拦你，你准备说什么？"

仇晓说："我说我们有巨大的鸿沟，在一起很困难，如果你想和我在一起，我们可以试一下，不成功，就离婚吧。"

骆晗说："你不要这么说，你说，我也想和你走下去，对孩子好，但是，我有我的底线，像之前那样是不行的。要过，就好好过，要么，就离婚。"

仇晓说："那不是显得我姿态很低。"

骆晗说："我知道你受过伤害，你开头的话不过是你的保护色罢了，但是，你现在姿态已经升高了，你再说巨大鸿沟，对方就退缩了，你不觉得，他也在试探吗？"

仇晓说："好的。"

骆晗说："孩子真的不能接受我吗？也许她不喜欢吃巧克力。或许，再熟悉熟悉就好了。"

仇晓说："她最喜欢吃巧克力，所以我才让你买。还有，他们不会把赵昶给我的，赵昶，离不开我。

吊灯忽明忽暗。

看样子是电压不稳。

仇晓说："我们抱一下吧。"

骆晗笑了："不了，我得回去了，顺便去查看一下线路，灯这个样子你晚上会害怕。"明明他笑得阳光灿烂，仇晓竟有种错觉，他哭了。

仇晓说："那好吧。"

骆晗看了看她，说："晚安，记得告诉我结果。"

10

呼吸到的，是熟悉的空气。家里的一切，依然亲切。

女儿哭了，抱着仇晓很久。儿子也拽着衣角，说要抱抱。赵瑞在后面笑着。谈判很成功，算是赵瑞无条件投降。赵瑞说仇晓这次生病让他明白，还是有个家最重要。仇晓用微信把消息告诉骆晗。骆晗没有像往常一样立刻回复，而是等了一会儿才说："看样子今晚不用我的晚安了。"仇晓不知道该说些什么，她只能说最简单也最真实的想法："谢谢你。"骆晗的回复依然让她揪心："还是那句话，你永远不用对我说谢谢。"

结束和骆晗的对话，仇晓照例收拾孩子的"长征"，然后带着他们上床。在听喜马拉雅里的儿童故事中，家里所有人都睡了，除了仇晓。她好想知道骆晗睡了没有，没有骆晗信息的每一分每一秒，她感觉都有那么一点窒息。她从床上爬起，大口大口地喘气。她打开微信对话框，一条条翻看以往和骆晗的聊天记录。

那些无时无刻的关怀，没有了吗？

那些飞天遁地的梦想，没有了吗？

那些晚安，没有了吗？

仇晓扭头看着赵瑞，他已经睡着。几年来，赵瑞第一次如她期盼一般睡在自己身边。可是，这个曾影响她情绪的人，不知为何已如同路人一般。她看不见激情，感受不到心跳，只有令人死寂的陌生。窗外的雨声，沙沙、沙沙，每一下都打在她心脏上。仇晓突然有一种冲动。

逃脱囚笼的冲动。

穿越火线的冲动。

走向自我的冲动。

她像一个旅人，在黑暗的山洞中摸索，碰壁无数，终于看到一个光亮出口。她的脸色因为激动而苍白，双腿禁不住瑟瑟发抖。第一次，她不再瞻前顾后，想做真实的自己。第一次，她不再逆来顺受，有改变世界的勇气。

大雨中，一个女人冲出去。

女人兴奋无比，不是因为在这大雨倾盆的晚上只有她在大街上奔跑，而是因为，每一个细胞都浸润了多巴胺，每一个神经元都在传递内啡肽，她能听到自己血液沸腾的声音。心脏剧烈地跳动起来，仿佛告诉它的主人，我已经康复。仇晓腾云驾雾，有种近乎成仙的迷幻，她禁不住想大声呼喊。她似乎跑向新生。

终于到达目的地，她摘下湿透的口罩，拨打电话。一声，两声，三声，她心跳的声音和铃声一样大。骆晗接了电话，他说："怎么了？"仇晓打开免提，大声对着小区里面喊着：

"虽然你说，永远不要对你说谢谢。

"但是！

"我要谢谢你，谢谢！

"谢谢你出现！

"谢谢你在工作中帮助我！

"谢谢你在生活中照顾我！

"谢谢你尽自己所能对我好！

"谢谢你对我的谆谆教导！

"谢谢你做多说少！

"谢谢你说到做到!

"谢谢你照顾我的情绪和感受!"

生活好像又有了希望,心情也变得晴朗。最重要的是,我觉得自己好像好了一些,我喜欢自己好一些!

宁静的夜晚,只有一个人的声音刺破苍穹。无数的灯亮起来,在这冬日犹如漫天星光。无数的窗户推开,似乎有人探头。只隐约看到有个人影,从很远很远的地方跑来。

七伤拳

1

拉开门，响起的声音像是报警。

家里被洗劫一空。沙发和茶几都偏离原位，女儿的玩具杂乱地堆了一地。"可恶的贼！"齐宇轩嘟囔着。一瞬间的激动后，齐宇轩冷静下来。贼能偷走什么？现金反正是没有的。相对昂贵也比较容易搬走的，也只有妻子放在保险箱里、仅数千块的"钻石"戒指吧。他松了口气，但还是恼火。一想到封闭的家成了不需要门票的景点，他就堵得慌。

当然没有东西被洗劫，所有摆设和出门时候没什么两样。但看着空荡荡的四周，齐宇轩突然觉得陌生。一关上房门，一种未知的、压抑的东西就扑面而来，顺着呼吸，争先恐后地涌入他的肺里。胸口沉重起来，像是灌满了混浊的泥沙，堵得他喘不过气。

他冲到洗脸池，拧开水龙头。舌尖传来了冰冷的触觉，他苍白的脸上涌出一丝期盼的潮红。可他失望了。污泥没有一丝被洗掉的迹象，看不见的恐慌爬上心头。他一个踉跄，肩膀碰到了墙上的开关。"啪"，灯亮了，魔鬼退散。

世界依然是一片灰色。某种熟悉的、终日伴着齐宇轩的东西，显然还是被劫走了。阳台、卧室、卫生间，齐宇轩在所有能想象的地方，失魂落魄地翻箱倒柜，终究一无所获。他拖着双腿挪到客厅，在沙发颓然坐下。难以言喻的苦闷，在他心脏狠狠地咬了一口，可怕的、忧伤的毒液蔓延，麻痹了所有愉悦。不管朋友圈翻得多快，手机也全然没有了往日那种蛊惑人的吸引力。齐宇轩深吸一口气，努力装出一副笑脸。没有用，中枢神经很明显有了阻滞，肌肉系统也罢了工。他放弃挣扎，疲惫地仰头，整个人陷入沙发里。

"哎，你出差回来啦！怎么这么早，不用加班的？"突如其来的袭击让齐宇轩措手不及。手忙脚乱间，手机摔到地上。抬头一看，秦子怡正居高临下地审视他。她什么时候回来的？怎么没听到开门的声音？这些念头像海豚出水般泛起涟漪，又倏地沉寂到幽暗。齐宇轩捡起手机："哦，今天不忙。"

"不忙？太阳打西边出来了？"

往常出差回来，齐宇轩都会先去一趟单位，加班到很晚才回家。像今天这么早，那真是头一回，难怪秦子怡觉得稀奇。只是，秦子怡近在咫尺的打趣，却如远在天边的呼唤，完全调动不起齐宇轩任何情绪。齐宇轩本能地不想回答。但根植于体内，还在忠实履行自己义务的理智告诉齐宇轩，他应该回应点什么。

"莉莉呢？她怎么不在？"

"今天星期三，莉莉跳舞去了啊。你能不能对孩子上点心？"

"哦，跳舞了啊。你下班了？"

"废话，我不下班，我能到家？"

"哦。我去充电，手机没电了。"齐宇轩找了个借口，走进卧室，逃离这尴尬的氛围。看着绿色闪电浮现，他似乎也充上了电。他不是一个不会聊天的人，至少，昨天他和秦子怡的沟通还没有障碍。当然，谈不上顺畅，只是没有障碍。

秦子怡不依不饶地跟了进来，从工作琐事到孩子教育，絮絮叨叨说了许多。看她脸上表情变幻，齐宇轩却像隔着一层看不见的幕布，欣赏一场与他无关的电影，一切都显得很不真实。他知道他需要像个演员一样恰到好处地表演，最好能像那些影帝，声情并茂，活灵活现。遗憾的是，坏死的肌肉组织难以撑起他丰富的内心戏，他只能木然地吐出那些不知道是不是正确的回应。

齐宇轩突然想到一个词——行尸走肉。

2

"其实，昨天我蛮忌妒的。"微信下线时，范汐突然说。

齐宇轩愣了。从一件件鸡毛蒜皮的小事上，他清楚地知道，范汐着实是个瞻前顾后、小心谨慎的人。她早已不是不知轻重的年纪了。和他交往以来，她分寸一向把握很好。对于她的事情，她知道该说什么，不该说什么。即使绕不过去，她也从不会用"老公""女儿"之类的敏感词眼，取而代之的都是"他""小朋友"。对于他的事情她几乎不曾主动谈起，更别说谈起这种敏感话题。

这是个不寻常的信号。是因为今天就是周五，明天就没办法保持联系了吗？还是，他们的关系已经到了一个说不清道不明的十字路口？齐宇轩想不通，也不敢深想。其实他也有不满，虽然强盗是他，他居然怨恨主人。他算是安慰又算是抱怨地说："好啦好啦，你运动的时候我都忍了啊。"

"不一样啊。"

"哪里不一样？"

"我和他，算是任务吧。不想讨论这个。"

范汐的回答让齐宇轩多少可以聊以自慰。任务嘛。范汐和他在一起时，那可是吃人不吐骨头的妖精。齐宇轩身为男人失落的自尊心，一下子得到了强烈满足，情绪又被拉回到了范汐身上。"不想讨论这个"，短短六个字却传递出无穷信息。齐宇轩似乎能听到她说这句话的语气，灰暗的看不见阳光的语气。他的心脏，狠狠地收缩了一下。

齐宇轩带着怜惜，半真半假地安慰："好吧，我现在也是接吻极少，更关键的是我就喜欢和你接吻。"

"唉，反正就是会忌妒嘛，明天又是周末了，一点也不想到周末。"

范汐妥协式的撒娇让齐宇轩忍不住得意。一股说不清道不明的不安和歉疚，也露了尖尖角。他不知道接下来该说什么。他们是有默契的，重逢时，范汐建立的默契。齐宇轩感激这样的默契，直到，他看见了那座"山"。那座原本以为永远不会触及的"珠穆朗玛峰"。他不知道翻过去会是什么。是新的风景，还是让人粉身碎骨的悬崖？齐宇轩费力地驱散所有不安，许下他眼下能完成的承诺："下周末，我过来看你。"

3

齐宇轩习惯性失眠。

密密麻麻万千条线在他大脑里缠绕。一条线跳了出来，他好像好久没和秦子怡运动了。以前，他和范汐虽然是异地，见面困难，但见面后的一切都是顺理成章。可和秦子怡天天睡在一起，却像生活在隔离罩里，要做些什么，反而要一个开场白。齐宇轩还记得，秦子怡以前常像一个壁虎，滑溜溜地爬上墙。在得到他或主动或被动的回应后，会像拧紧的发条，速度快得让他惊讶。但那些都是很久以前的事情了。

电话打断思索。原来是张巡。这个时间打电话，这哥们一定又喝多了。齐宇轩笑了笑，接起电话。张巡果然是喝了，声音里装满了兴奋："干吗呢？没影响到你的好事吧？下个月去你那儿出差，等我啊，咱兄弟好好喝一杯。"齐宇轩笑着嬉闹几句，满口答应，挂断了电话。

把手机放回床头柜，齐宇轩还是有点开心。突然，又涌上一些说不上来的情绪。即便过去很多年，齐宇轩也一直觉得，大学是他人生最特别的经历。他第一次住校，第一次和同学们朝夕相处。他和大家很亲密，尤其是几个室友，他已把他们当成家人。他没想到，有一天他们会分开。也没想到，毕业之后大家天各一方，都跌进生活的沼泽里。纵然偶尔想起，也只会在酒后拨出一个电话，却不知从何说起。

　　而齐宇轩更没想到的是，他毕业后联系最多的大学同学竟然不是自己那些相熟的舍友，而是对面寝室、平时不怎么聊天的张巡。也许，只是因为他们仍在同一个省吧。齐宇轩莫名有些悲伤。他苦笑着戴上耳机，点开一首催眠曲。单调的雨声，轻轻打着枯燥的鼓点，真像秦子怡直线的、没有一丝生气的节拍。齐宇轩翻了个身，依然睡不着。范汐那富于节奏变化的交响乐，在他脑海里回荡。一如既往，先是若有若无的气息作为前奏，慢慢地，变成贝多芬的《命运》。仅凭声音，他就感觉到，被人扼住了喉咙。

4

　　"哈哈哈！哈哈哈！"范汐看着电视，在床边笑个不停。

　　齐宇轩搞不懂范汐为什么这么爱笑，但他喜欢这个场景，觉得特别温馨。许多年后，他也会找一些美国的青春喜剧，但他总是笑着笑着心里就像被扎了一根刺。当然此刻齐宇轩只有愉悦，他没想到，他会在三十五岁的年纪恋爱，对象还是范汐。虽然他上学时候就喜欢范汐，但范汐文静秀气，看起来是个循规蹈矩的囚鸟，不像是能唱出情歌的百灵鸟。谁能想到，他能在厦门出差时和范汐巧遇，并加上了微信。而他在回酒店后礼节性的问候，竟成为一张车票，让他错上了一趟只有两个人的绿皮车。他们听着时钟不断报站，却谁都不舍得先下车。在脑力的碰撞中，齐宇轩感受到从未有过的愉悦。以前所有的知识储备，好像都是为了这一刻做铺垫。那看似触手可及又遥不可及的神秘，像一种精神鸦片，刺激着肾上腺素加速分泌。每当新消息提醒传来，齐宇轩心跳的频率都听得见地加快一点。

齐宇轩从床上爬起，自背后抱住了范汐。他是如此想要拥抱范汐，仿佛那就是生命存在的意义。范汐起先很淡定，只是享受齐宇轩的拥抱，转身拥吻齐宇轩。范汐的吻是如此热烈，一下子点燃了齐宇轩早已炽热的身体。外面满是阳光，屋内却十分昏暗。在热烈重归寂静后，齐宇轩发现，自己全身都是汗，屋里充满了潮湿的气息。他想起，那个厦门回来后刮着台风的周六，他就是陷在如同今天一样潮湿的车里，忍了又忍，还是将朋友圈的暴雨视频，分享给范汐。范汐果然没回。但周一早上，如齐宇轩预料一般，他一上班就接到范汐的消息，只是消息的内容出乎他的意料："你知道规矩吗？"

"规矩？我不知道啊。"

"规矩就是，我们的聊天只能是上班时间。"

两辆车就这样陷入越来越深的水里。即将沉没时，范汐曾做过最后的挣扎："不知不觉中，你已经慢慢渗透到我的生活中了。而我其实有点害怕这种变化。我觉得可能给不了你想要的。我也怕你失望。我现在，还能下船吗？我不想你受伤，也不想自己受伤。"

"我不要，无论如何都不要。"

"好吧，可能很久没恋爱，让我对恋爱太患得患失。可能再次恋爱让我害怕吧。你真的要和我在一起吗？好，既然逃不掉，你要抓紧我哦。"

齐宇轩不自觉地翻身,抓紧范汐的肩膀。范汐皱了一下眉头,却像婴儿一般蜷缩在他的怀里。齐宇轩还是有些不安,想要通过某种方式再次宣誓他的主权。他拉上被子,世界又暗了起来。

5

关上灯,秦子怡靠了过来。

齐宇轩迟疑一下,顺势抱住她,秦子怡的温度传了过来。齐宇轩还是很冷。他翻身下床,又取了一层被子盖上。"太热了。"秦子怡嘟囔着,但没有离开齐宇轩的意思,反而抱紧了他。齐宇轩不觉得热,他是个"渐冻人"。不同于寻常患者,他一点一点丧失的不是运动的能力,而是感官。半年前那场无从上诉的终审判决,让他成了彻底的行尸走肉。

秦子怡睡熟了。齐宇轩却睡不着。末日审判后,他一直在和失眠做斗争。大多数时候,他要躺上两个小时才能睡着。最极端的一次,他几乎是熬到了鸡叫的时间。听到鸡叫的声音,齐宇轩居然想到了周扒皮。齐宇轩脸上的肌肉抽动一下,觉得自己应该笑一下,但他就是没办法感到一丝快乐。他有些悲哀。

城市里当然听不到鸡叫。只是听到四周喧哗起来。齐宇轩逼迫自己要睡着,哪怕睡两个小时也好,他怕他会猝死在工作岗位上。神经依然在疲倦地兴奋着。齐宇轩开始想象单位领导给他主持追悼会的场景。该同志认真负责、鞠躬尽瘁、死而后已。他终于浮上一丝自嘲的笑容。

必须要睡着。齐宇轩开始数绵羊。范汐还在脑袋里晃。没有,晚安了吗？是不是还没有做好这种准备？齐宇轩想着。随即，他断然否决了这种想法。离开苏州后，他虽然极力不去想无期徒刑的可能性，但他又似乎一直在烦躁和不安中准备着。准备再多又有什么用呢？不过是虚有其表的防线。审判日真的到来之时，他还是猝不及防。他的心空荡荡的，像是被凿穿了一个虫洞。他明白，他再也没办法从秦子怡身上得到快乐。除非有人能补上剪掉的空白，否则，他不过是一张没有激活的废卡，根本抵抗不了黑洞的引力。是不是只有等待范汐回头，还是说再去寻找新的"解药"饮鸩止渴？

　　齐宇轩终于在不知道答案的困扰中睡着了。

6

　　已经是冬季，天黑得格外早。六点刚出头，窗户已传不进一点亮光。黑暗的房间里，一个男人烦躁地躺着，一会儿又变成坐着、站着，焦躁地走着。他停不下来，如同一个戒断患者。

　　"患者"曾给"医生"发过消息。昨天说的"对不起"，对方一个中午都没回。"晚上一起吃个饭吧"，对方一个下午都没回。"患者"也曾溜去过"医生"的会场，他看得清楚，"医生"在和同事说笑，可看见他的一瞬间，她脸上立刻浮现了不可思议的厌恶的表情。齐宇轩身体晃了晃，像是被最信任的人从背后狠狠戳了一刀。人群中，他尽量装作若无其事，心中却早已捂着伤口，落荒而逃。

　　已经七点半了。齐宇轩确定，范汐应该已经吃过晚饭。他反复看手机，但没得到一个字的回复。范汐是不是不打算见他？那他和秦子怡说出差，和同事说生病，一个人溜到苏州来还有什么意义？他焦躁不安，整个人迷失在懊恼的、永无止境的莫比乌斯环。一想到范汐的会议今天要结束，齐宇轩就忍不住涌上一种坠落悬崖的恐慌。他浑身发冷地预感，这就是他和范汐的最后一次见面。

手机铃声响起。齐宇轩一个激灵，冲过去拿起手机，却是同事发来的消息："感冒严重不严重，要不要去看看你？"齐宇轩知道，同事是好意，但他却没来由地感到厌烦："不用，已经好多了，明天我就可以回去上班了。"

齐宇轩跌回床里。又开始想昨天的事情。大脑一打开回放，一团火焰就在心脏上燃烧，造成炮烙般的痛苦。他忍不住"啊"的一声告饶，打断足以让他毁灭的回想。齐宇轩大口喘着粗气，额头长出一颗颗汗珠。他不能回想。但他陷入可怕的旋涡，让他一次又一次陷入回想不能自拔。他知道，他一秒钟也不能再待下去了。再待下去，他就要疯了。

醒来时已到了大街上。

路两边都是落叶。齐宇轩突然有种兔死狐悲的感伤。他颓然地走着，不知不觉到了金鸡湖。歌声从湖边酒吧钻进他的耳朵，他悲哀地想起，还有一起去酒吧和吃火锅等很多约定还没完成。他停在酒吧门口，听了也许有一个钟头，想了也许有一百万种可能。有一种爱叫作放手。为了范汐幸福，他可以离开。齐宇轩突然陶醉在自己的情感升华中。

范汐却发来消息："你在忙什么？"

她的用词很奇特。不是你在干吗，而是你在"忙"什么。齐宇轩暗自揣摩，也没明白范汐的含义，只是语无伦次地说："我在散步，刚刚想到一句话，得之我幸，失之我命，得到你我就很满足了，就算失去你，我也会特别感激，没有你，我就不知道什么是爱情，我一辈子都不会圆满。所以，真的谢谢你。"

"哦。"范汐似乎对他的感悟不感兴趣。

"外面蛮冷的，你在房间看电影吗，那你空了找我吧。"

"哦。"范汐回应得很冷淡。

齐宇轩有点不明白，明明是范汐主动找的他，为什么还是不冷不热。江边真的很冷，齐宇轩又动了起来，这次目标很明确，回酒店。他依然不死心，试探地问了一句："我马上回房间了，你在干吗？"

"我在看书，一会儿准备去洗澡。"

"那你不邀请我去你房间吗？"

没有回应。齐宇轩等了很久又问："晚安？"

范汐回得很快，"嗯。"

7

齐宇轩很久没有出差了，没想到目的地居然是苏州。更没想到，这天是星期三。离开苏州那天，也是星期三。

同事们在车上欢笑。齐宇轩不想加入进去，从背包取出早已备好的书，自顾自翻起。回忆一点一滴涂改书上的文字，唱出许多不知是悲伤还是麻木的歌曲。齐宇轩早上开车去单位的时候喜欢听歌，听着听着，他会觉得一种低沉的、酸涩的情绪，从心脏那里向全身扩散。尽管如此，他没有刻意想起范汐。甚至，他根本没有在想范汐，没有在想任何人、任何事。但是，一种拽着人往下坠的情绪，依然如病毒一样疯狂蔓延。有时候齐宇轩也不需要听歌，上车的一刹那，握着方向盘，他就已经淹没在低落的潮水里。其实齐宇轩很忙，每天上班如同在打仗，他应该利用这有限的时间，为一天的工作准备些什么。他却在淹没。无从控制的淹没。

苏州已越来越近。会议也订在那个酒店。齐宇轩嘴角抽动一下，不知道是不是该笑出这苦涩。一进门厅，那熟悉的感觉，就如汹涌的潮水，一下子把他卷进去。齐宇轩极力对抗，却身不由己，任潮水拍打，打得他千疮百孔。陡然，一个大浪袭来，齐宇轩想闪躲，却被无情地抛向高空，然后狠狠地摔在冰冷坚硬的地上。他想爬起来，却突然有种奇妙的期待。他猛地回头，背后空空如也。再转过身，也只看见同样空空的大堂。

齐宇轩木然地站了很久，直到同事喊他，他才若有所思地走到前台。一转头，正看见范汐和同伴从电梯走出。齐宇轩贪婪地看着她，想要打个招呼，却被她突然浮现的冰冷冻住，一句话也说不出。同伴倒是看了看他，神秘地笑了笑。难道，同伴知道他们的关系吗？齐宇轩在迷惑中，眼睁睁地看着她们一步步走向酒店之外。

这当然是过去的幻影。一堵墙横亘在过去和现在之间，齐宇轩撞得头破血流，还是穿不过。他愣了好一会儿，才回过头，随着人群缓缓走入电梯，木偶一般被牵着进入房间，他们曾一起拥抱、接吻、做爱的房间。他关上房门，一个人陷在孤独的双人床上。范汐的气息还在，他却想不清她的样子了。但闭上双眼，她的声音仍如此清晰，像镌刻在脑沟某个部位里。他捂住耳朵，却徒劳无功。那些以为忘记的承诺，像悠扬的钟声，缓慢却不容置疑地撞进耳朵里。

"既然逃不掉，你要抓紧我哦。"

"抓紧我哦。"

"抓紧。"

8

又是黄粱一梦。齐宇轩花了一分钟，才明白自己是谁、在哪里。两年来，齐宇轩总是失眠。每次起床，又都有种恍如隔世的感觉，仿佛从一个虚无的世界慢慢走向现实。或许，这也不是现实。齐宇轩拿起手机，时间还早，但他却怎么也睡不着。他迷糊地赖了一会儿，这才缓缓起身，去餐厅吃早饭。餐厅空荡荡的，只有司机卢师傅在吃饭，其余的同事他一个也没看到。难得的周六，也许大家都并不着急回家吧。

齐宇轩把行李放上车，然后又让卢师傅打开广播，让音乐填充路上的空旷。广播里放的都是一些新歌，齐宇轩听着感到很陌生。他不知道什么时候就落了伍。也许是大街上不再有各种音响，循环往复地放着《相约九八》《十年》或《约定》，或者是同学朋友不再告诉他周杰伦和五月天的歌很不错。当然，最简单的可能性就是他老了。

　　齐宇轩意兴阑珊地听着歌，猜测他无法与广播里的歌有共鸣。但他很快意识到自己的错误，因为他突然听到了《今后我与自己流浪》。这是《哪吒之魔童降世》的片尾曲，他去年看过这部电影。齐宇轩无法形容，他第一次听到"在期待后失望，在孤独中疗伤"时的懊悔与悲伤。它就像是一颗穿越时空的子弹，一秒把他贯穿。

　　"不知不觉中，你已经慢慢渗透到我的生活，而我其实有点害怕这种变化。我怕给不了你想要的，也怕你失望。我还能下船吗？我不想你受伤，也不想自己受伤。"

　　"可能很久没恋爱，让我对恋爱太患得患失。总有种不确定感。可能，再次恋爱让我害怕吧。"

　　"我有孩子，你真的不介意吗？"

　　"好，既然逃不掉，你要抓紧我哦。"

　　车空间太小，这些话反复回荡，一锤又一锤打在齐宇轩身上，让他疼痛、懊悔、不甘。齐宇轩不想去想，却反复想起，范汐曾在无数个夜晚等他晚安，也曾无数次说过想他。虽然没什么证据，但齐宇轩百分之一千地确定，尽管是范汐说的再见，看起来好像是他受了伤，但他一定曾让范汐失望，沉到海底的、灰暗的、令人抓狂的失望。

　　同事们涌了进来。齐宇轩和他们客套地招呼了一下，自顾自陷进回忆里。得之我幸，失之我命？简直如笑话一般。他哪里圆满？他少了一根肋骨，常常隐隐作痛。还时不时在不经意的翻身、触碰时，变成透彻心扉的、看不到治愈希望的刮骨疗毒。齐宇轩看向车窗外，一点阳光都没有。微信、手机，一切的联系方式都没有了。范汐选择了不留情面、最决绝的离开。有时候，齐宇轩还会不切实际地幻想，范汐会在某天神奇地回来，笑着说"我胡汉三又回来了"。但他得到的，只有无止境的失望。齐宇轩不想承认，却不得不承认，范汐的列车就像此刻的苏州一样，越开越远，远得都看不见车身的模样，只有离别的汽笛声，离奇清晰。齐宇轩终于意识到，范汐可能一辈子都不打算和他见面了。他偷偷看看四周，同事们都在安静地睡着午觉，没人注意他。他哀伤地笑着，眼泪全收在手里。

<h2 style="text-align:center">9</h2>

左顾右盼，等的人还是没来。

齐宇轩低下头，百无聊赖地滚动朋友圈。分手前的半年，加上分手后的三年。他已经三年半没见过范汐了。暗无天日的时间，虽然曾漫长得让人窒息。但最终，时间溜得总是比想象得快。有人在背后拍了他的肩膀。回头一看，果然是张巡。

"到了很久吗？"张巡问着，似乎带着一丝歉意。

"没有，也就半个小时吧。待会儿住哪儿？住我家吧。"

"不用，不用，我定了酒店。"张巡摆摆手。

"那行吧，来，先喝一口。"三年半了，齐宇轩总算慢慢振作，生活中的一切都在向好的方向发展，但酒精依然是他必不可少的麻醉品。他还是感受不到什么快乐，只有酒精在血液中游走时，他会有种范汐回到身边的错觉。

"你还记得范汐吗？"张巡说。

　　齐宇轩身体微微一颤。张巡怎么突然提起了范汐？他从没听范汐提起过她和张巡熟悉。一瞬间的慌乱后，齐宇轩镇静下来。不，不可能，以范汐的谨慎，她绝不会走漏任何风声。他控制住情绪，反问一句："谁？"

　　"范汐，我们大学同学啊。"

　　"哦，那个乖乖女是吧？"齐宇轩尽量轻描淡写。

　　"对，我前几天出差的时候，正好碰见她，约她吃了饭。我感觉，她很落寞。"

　　齐宇轩不自觉地晃动酒杯。在窒息的水中生活，她应该是比较落寞。他果然是个让人失望的人，没有如她所想抓紧她。齐宇轩一仰脖子，辛辣顺着喉咙，烧到了心脏。

　　"你看，我们还一起拍了合照。"

　　齐宇轩如遭雷击。合照？他好像和范汐一张合照都没有拍过。如果不是那些记忆那么真实，他都无法确认他们曾在一起过。

　　"我昨天还给她打过电话，她很热情。"

　　齐宇轩的肋骨又被扯了一下。为了防范那个男人，他从不会和范汐打电话。但范汐常常会发微信语音给他，那种发自内心最深层的、透着希望的甜，他尝得到。但那都是很久以前的事了。

　　酒吧音乐响起。驻唱歌手来了，她唱的正是《今后我与自己流浪》。歌手的嗓音低沉，配着这歌的旋律，充满忧伤的情绪。齐宇轩嘴角抽动，沉浸在音乐里。他身边没有了任何人，只有这首歌，只有那些回忆，和那些自己一个人前行的背影。他很快听到了歌的结语：

　　"到最后终于懂得，这条路只剩下我一个人走。"是的，终究只剩下我自己。

　　"你总是把自己形容得很高尚。"范汐以前说的一句话突然刺痛了齐宇轩。他那还没有完全麻醉的心脏又抽动一下。齐宇轩知道他没那么高尚。他看不见，但他知道，这里有个男人不安地坐着，脸色阴晴不定。他想抓紧，手里却只有酒杯。他喝掉酒杯里的酒，放下酒杯，双手握拳，凌空打了出去。

纸飞机

1

上主食时，我已喝了半斤酒。超量的酒精改造了我的神经系统，卸掉了捆绑我的枷锁。那些平时说不出来的话，什么"感谢专家组指导""感谢兄弟们帮衬"，此刻都信手拈来，让我有种虚妄的欣快。有飘浮之感的当然不止我一个人。从专家组到项目部，每个人都像在月宫跳舞，说话完全不着边际。大家纷纷夸我是"阿里联网工程投运第一功臣"，我连连摆手，头摇得像拨浪鼓，心里却飘飘欲仙。甚至在回宿舍的路上，我忍不住唱起了歌："和我在西藏的街头走一走，直到所有的灯都熄灭了也不停留……"

回到房间，我从云端摔到地面。想脱衣服洗澡，整个人懒洋洋的，一点也提不起劲头，好像所有神经被酒精切断。我左右摇摆，好不容易晃到床前。刚想松口气，腿上却陡然打软。我再也无法拯救败局，整个人往前一跌，结结实实陷进床里。

醒来已是半夜。我口渴得厉害，爬到厨房，从饮水机里取了点温水，连灌几口。思考能力慢慢爬上来。我意识到，我刚刚一定在酒桌上说了许多自以为是的胡话。我还是和以前一样，喝酒之后变得话多。庞曦一定笑话我了吧？我自嘲地笑笑，脱掉外套，换上睡衣，又缩回床上。怎么也睡不着。我不由得开始胡思乱想。项目都已完成，下一步我会去哪儿？继续在西藏援建，还是回江苏？如果回江苏，我会去哪里？南京还是无锡？这些问题像一个个黑洞，一次次把我吸进思考的深渊，直到我反复摸清每个细节。

我还是睡不着。我打开灯，在书架上拿过一本书，突然想起，五年前那天，我也是这样从书架上拿书。那时赏识我的齐思恩调走已经有四年，新来的总经理马伯乐一心想要洗牌，几个齐思恩的心腹都被远远发配。甚至我也受了牵连。我那时年轻，以为只要业绩出色，组织总能看到我。但我想得还是简单了，马伯乐和我根本不在一个频道。任我怎样努力，进步的事永远轮不到我。最后我的徒弟们都纷纷走上领导岗位，只留我一个人原地踏步。在连续四年挣扎后，我终于对前途感到灰心。我不再加班，总在六点钟准时离开单位。

我开始漫无目的地在南京城闲逛。我看见了行色匆匆的路人，看见了为生计发愁的店主，看见了跟着节奏摇摆的广场舞大妈，还有奔走在大街小巷的老年健步队。所有人好像都有自己的世界，只有我困在宇宙里最小的一个角落。幸好，这一切只维持了一小段时间。我的世界缩到无穷小后，突然开始爆炸。跑步、爬山、看书充实了我的生活，将我的世界变得无穷大。那天，我照例从书架上拿书，却突然意识到一件事：改变一种生活状态，其实只需要几天。我很悲伤，又很快高兴。有人就在这个时候拍了我的肩膀，是庞曦。

其实，这个晚上我早就想起庞曦了。"你不可能成功的！""你去了就是被发配啊！""你准备在西藏待几年？"这些声音从我喝下第一杯酒起，就已经在脑海里徘徊了一百圈。我现在已经成功了。我想告诉庞曦我是可以成功的。但其实这也无关紧要，我不需要和庞曦争个对错，我只想要她在我旁边。对，越是感受到高兴的时候，我越是孤独和失落。没有人和我分享奋斗的快乐，我只有自己一个人。我突然涌上一种难以言喻的感伤。我翻身下床，走到窗边，拉开厚重的、足以隔断一切的窗帘。外面一片漆黑，只有几颗星星在闪烁。偶尔有几辆车飞驰而过，传来极微弱的轰鸣。一切都是那么安静，和那个夜晚一样。那时，我和庞曦照例进行了活动，然后懒懒地躺在床上。庞曦一直在细碎、若有若无地诉说各种琐事。我先是回复，后来变得沉默，暗自思考我该如何告诉庞曦我即将调到宿迁工作的事实。

这个思考当时十分重要，不然我也不会在那个时候陷入沉默。但这个思考现在已经没有意义，它早已淹没在九百多个渐渐离我远去的日日夜夜里。我莫名涌上一股无奈和荒诞的潮水。原来，人生竟然这样悲哀，在某些时候觉得至关重要、一定要解释清楚的事情，在某一天后竟那么无关紧要。

庞曦看我没有回答，突然住了口，停顿了大概十秒钟时间，歪过头看我，悄声问我是不是睡着了。我确实已经困了。那个时候，大概已经是凌晨一点或者更晚。我当然没打算睡觉，我还在惆怅何时告诉她真相。我向左侧身，正看见庞曦睁着一双大眼，直直地看着我。清秀的鹅蛋脸，在黑暗中若隐若现。她是有想法吗？我伸出右手，把庞曦揽进怀里。庞曦几乎在一瞬间把握了我的想法。她扭过头，略带难为情地笑着说："我不是这个意思呀。"

不是这个意思吗？我以为她和我想的一样。我们那时总是心意相通，我们互相称之为默契。也许，潜意识左右了我的判断，让我误解了她的想法。但这一切并不妨碍我抱紧了庞曦。庞曦不再说话，闭上双眼，小巧的脸蛋缩成一团。

庞曦是温顺的，在她爱我的时候。

2

我不知道是不是酒精的原因，悲伤的情绪变得迅速堆积，因为阿里联网工程验收通过而获得的喜悦此刻一扫而空。我打开手机，百度南京先锋书店，许多照片弹出。我随便点开一张，那都是熟悉的模样。我想起那个傍晚，庞曦拍我肩膀的傍晚。

那时我们认识半年多了，但不过是点赞之交，可这不妨碍我感到惊喜。她怎么会在这儿？她不是在无锡工作吗？这些念头确实浮现过万分之一秒，但很快被惊喜替代。这让我有些讶异。我不知道为什么我会因为重逢一个不算熟悉的人而感到快乐。但如果是现在，如果我能再遇到庞曦的话，我想我绝不仅仅是快乐，而是狂喜。

那时庞曦也笑了，她小巧的脸像花骨朵一样绽放，散发出让人感到温暖的甜蜜。"你怎么在这儿？"我们同时开口，在意识到打断了对方后，我们同时停住。在极短暂的宁静后，我们又同时开口："你……"我们没再说话，一起笑了起来。此时正是饭点，我千载难逢地主动起来。庞曦脸上露出了犹豫，但还是给了肯定回答。

我们走出书店，沿着广州路走到南京大学附近一家西餐厅。我们小心翼翼地吃着牛排，尽力维护自己的斯文形象。我没怎么说话，几乎都是庞曦在说些什么。她很健谈，在陌生人面前似乎有种热情。我后来确认了这件事，她可能是一个为别人而活的人，只有在极亲近的人面前才会展现自己的脾气。我们相识两年多，她只在最后两个月发过火。她恼怒于我的迟钝，总是频频发火，这也让我陷入一种从小心翼翼到犯错到更小心翼翼却又继续犯错的恶性循环。但那天的庞曦当然是温顺的。我看着她轻启朱唇，心里好像有什么东西开始碎裂，一种不知名的火焰，在碎裂处越来越猛烈地燃烧，肢解了我全部的防备和郁闷。我开始说个不停，就像喝醉了一样。而让我更醉的是，在我滔滔不绝时，一个小姑娘捧着花走来。我以为她是卖花的。我刚想说不需要，小姑娘已经把花放到了饭桌上，说这是免费送给我们的，还祝我们幸福。

我和庞曦先是面面相觑，然后都忍不住放声大笑。这让小姑娘变得不知所措，她一直茫然地愣在原地，像一个犯错误的小学生。我不忍心让小姑娘为难，绷住脸，点点头表示感谢。小姑娘这才扭扭捏捏、一步三回头地走到吧台，还时不时偷偷注视我们。我还是想笑。我极力控制住这种不厚道的行为，探头向庞曦靠去，低声说："长江，长江，我是黄河。走吧，我们看电影去吧，别引起特务的注意。"庞曦依然在笑，也装模作样地回答："黄河，黄河，我是长江，你的提议我已收到，我们这就出发，注意隐蔽。"

我和庞曦就这样第一次相约去看电影。后来我们看了很多次电影，但这次最让人印象深刻。我们走到紫峰才发现，这意料外的计划执行起来有些困难，最近的电影场次也要到半小时后。我们动摇了十秒钟，还是选择购票。

我们只能在椅子上等待。看着娇艳明丽的庞曦，我才意识到，严格意义上来说，我们是刚认识的朋友。神秘的魔力开始退散。庞曦也显得拘束起来，虽然她还是说个不停，可看起来不像在传递信息，更像是缓解某种不安的自我麻醉。具体到我就更糟了，我几乎不能从庞曦的凌乱里提取任何信息，更不能对她的话语做出合适的回应。幸好我发现对面有个游戏厅，它成了我的解药。

我很多年没进过游戏厅了。一摸到手柄，我就感觉到十几年的时光一闪而逝。我在倒退的列车中迷失，直到我找到了打地鼠。我和庞曦两个人拿着锤子四处敲击，蹦蹦跳跳，像两个兴奋的大孩子。我几次不经意地抬头，都能看到庞曦脸上充满了一种小女孩的活力。这种活力几乎一瞬间穿透了我，把我斑驳的心彻底治愈。

3

我一直失眠。我看着电网建设群里的照片，想起了许多许多。阿里联网工程三次跨越雅鲁藏布江，沿途要翻越 5000 米以上的孔唐拉姆山、马攸木拉山，中间还要跨过沼泽地，部分区段甚至在很长的距离内都是无人区或少人区，难怪庞曦认为我到西藏是被"发配"。而且工程沿线气候条件恶劣，平均气温只有 0 ~ 5℃，

最低气温竟然能有 -45℃，而且昼夜温差最大能达到 25℃ 以上，好几个同事都得了肺水肿、脑水肿等高原疾病。所以尽管庞曦后来对我有许多不耐烦，但我知道她一定是担心我的。

我开始翻阅庞曦的朋友圈，那当然是什么也看不到。我只能翻看我们残缺不全的聊天记录，然后看手机里保存的庞曦的照片，然后无限感慨。也许是因为我不喜欢拍照，所以我和庞曦几乎没有什么合照。但还好那次看电影，我们俩举着电影票，用手比着"耶"拍过一张照片，这大约是我们关系曾经亲密过的唯一证据。我打开照片，照片上清楚地显示，我们那天看的电影是由美国漫威影业公司制作的《银河护卫队2》。

我没看过《银河护卫队》的第一部，理解剧情有些难度，所以我看电影时总是走神。我想起我已经六年没有走进过电影院，再追溯到上一次看电影，已经是在我二十四岁的时候。那时，我是和约会过六七次的相亲对象一起看了史泰龙主演的《敢死队》。我在看电影时想牵那女孩的手，可犹豫半天，也始终没下定决心。眼看电影要散场，我才把手抬起了一个火柴盒的距离。就在我纠结是不是再接再厉时，相亲对象突然转头，深深地看了我一眼。我很难说她的眼神是什么样子，大概是三分迷茫三分明了三分可爱，外加一分不知道有没有的警告。我自动忽视了前面的九分，被最后的一分吓倒。我连忙把火柴盒的距离还原，心脏"怦怦怦"地跳到爆炸。一直到电影结束，我和相亲对象都没再说话。散场时，我们沿着阶梯摸黑前进。相亲对象突然晃了一下，然后很自然地牵住我的手，说电影院里好黑。我突然脊背发热，一种鄙视自己的感觉油然而生。我垂下手，毫无力量地与她的手保持着若有若无的连接，直到她不知不觉地抽回手。我看不见我自己，但我知道我一定愚蠢又僵硬。从那以后，我再没联系过那个女孩。

我当然没打算在电影院牵庞曦的手。但不知道从什么时候开始，我隐隐约约地期望，我们的胳膊能微微碰触。我的小小算盘落了空，这个贵宾厅的座位都是独立的小沙发，彼此之间留有不远不近的距离，像一道台湾海峡隔断了乡愁。我一直思索采取一种行动，能让我和庞曦有种不知名的接触，但这种事对我来说似乎是太难了，我如坐针毡。还好庞曦转过头，拿走了毡子。她笑着说，格鲁特真是个搞笑的英雄。她说话时，肩膀无意识地晃动，带动周围的空间发生神秘的旋转，连带我的心脏也一阵一阵地泛起波澜。我陷入了一种魔咒，一种不希望电影结束，也希望庞曦一直转头的魔咒。但不管我乐不乐意，电影在十点一刻一分不差地散场。我立刻面临了一个像哈姆雷特一样的难题，和庞曦再做些什么，还是分开？

我当然不想和庞曦分开，可内心着实觉得时间有些晚。我看向庞曦，她也正望向我。看着庞曦细长的眼睛在夜色中一闪一闪，一种悸动，像浪潮一样在我全身翻滚。我极力对抗这种浪潮的冲击，像是告诫自己一样说出口："时间不早了呢，现在回去吧。你怎么回去？打车吗？"庞曦没有立刻回答。她直直地看着我，笑得有一些羞涩，又有一些意味深长。我的心脏忍不住扑腾扑腾地跳着，脸也烫得厉害。庞曦似乎没有发现我的脸红，她切换成真心笑意，说："我打车。那再见咯，今天很高兴。"

我连忙回复："我也很高兴。"我觉得这话力度太弱，很想再补些什么，可没能如愿。一辆车刚好经过，带走了给我一晚上欢乐的人，只留给我一个遥远的背影。我待了很久，才缓缓地踱步，找到一辆摩拜单车，在路灯的昏黄中骑回住处。一推开房门，一种莫名的失落迎面扑来。我走到沙发，颓然坐下，给庞曦发了消息："你到了吗？"

"刚刚到呢。我正想给你发个消息说我到了。"

这是一条礼节性的消息，按理也只能得到礼节性的回答。但一种压抑许久的情绪，像火山迸发的岩浆，四处追赶着我，让我无处可逃："今天遇到你真是太高兴了。打地鼠也很高兴，看电影也很高兴。"

"是吗，我都很久很久没有打地鼠了呢。真的感觉很好。"庞曦的消息突然多了一个表情。这表情虽然简单，但却被庞曦赋予了某种灵动的意义，这让我有一种庞曦并没有走远，依然在我身边的错觉，仿佛只要我转头，就能看见她的笑脸。一种千斤重负，在此刻被全部卸空。我恢复了对话能力，自然而然地接过了橄榄枝。从东野圭吾到阿加莎克里斯蒂，从漫威到生化危机，我们能跟上对方每一个思维脚步，也能理解对方的每一个梗。我第一次感到我与另一个人的灵魂是那么契合，也第一次感到聊天的快乐。我猜，庞曦也是如此。我们好像登上了轮渡，任水流肆意飘洒，带领我们奔向不知何方的前方。

4

我是大概四点才睡着的，所以醒来时完全没有精神。我一整个上午都在恍恍惚惚中度过，好像回到了刚到西藏时的状态。那时我完全不适应西藏的高海拔，我负责的阿里电力联网工程是迄今为止世界上海拔最高、运距最远、挑战生存极限的超高压输变电工程——平均塔位4572米，最高5357米，最长运距超过5400公里，含氧量仅为平原地区的一半左右。那时我很多时候都需要吸氧，晚上也常常失眠。失眠的时候，我会想庞曦，也会想起命运的奇妙。尽管那晚，我和庞曦迟迟都舍不得说晚安，也约好下次在宿迁培训要一起吃饭，但此后几天，我们没有任何联系，好像我们彼此从来不曾认识。难怪我常在睡前恍惚，是否真有那么一个神奇的夜晚，有一个叫庞曦的女孩，和我一起看了电影又聊到夜半。我几次想发消息给庞曦，但总在打完字后，被一种神秘的力量控制，把打好的字一一删除。

我和庞曦总要有一两个月才能再见面。可偏巧主任病了，只能委托我去苏州开会。而更意外的是，我这个冒名顶替者居然在会场看见了同样代会的庞曦。我们见面时都忍不住大笑。我又约了庞曦看电影，她不假思索地点头答应。

这次我们去的是个私人影院，没有别人打扰，在这个二十平方米左右的日式房间里只有我们两个人。我们靠墙席地而坐。中间，不再有海峡相拦。我们都意识到了这一点。庞曦一改上次观影的活泼，身体一直绷得紧紧的。我几次牵起话头，她都回答得很淑女。我神秘地领会到，庞曦此刻是紧张或者排斥我们的现状的。我告诉庞曦，私人影院也可以唱歌。那一刻，我看见庞曦眼中闪过光。

庞曦连唱了几首莫文蔚的歌。看得出，她对莫文蔚很是钟爱。这和我不同。我第一次听莫文蔚的歌还是初三。那时《盛夏的果实》爆火，几乎所有人都在传唱。习惯听张信哲的我，也不甘落后地买了磁带。我并没听出任何感情，觉得有些失望。但大街小巷的音响，争先恐后地声嘶力竭时，我也会哼上两句，极力跟上潮流。尽管，我跟得上还是跟不上，根本也无人知晓。我再了解莫文蔚已是大学毕业后。我时常在 KTV 听朋友唱起《阴天》。我试着去跟随它的节奏，却始终难以融入。我一度以为，我永远不会喜欢莫文蔚的歌曲。但此时此刻，看着庞曦一字一字地哼唱，"开始总是分分钟都妙不可言，谁都以为热情它永不会减"，我突然涌上一种悲伤的共鸣。庞曦心里，也许曾住过别人。

我唱的依然是我最爱的五月天。我唱歌的时候，庞曦就在一旁静静聆听。偶尔，她也会和我一起和上几句。我能感受到，她的神经已完全松弛，这和刚刚看电影，形成了鲜明对比。我庆幸，我做了正确选择。

随后几天，我和庞曦几乎从早聊到晚。这在我生命里还是第一次，但一切又似乎理所当然。虽然，我们看似刚刚认识，但我总有一种，我们已经认识了一个世纪的错觉。这种感觉很奇妙，奇妙得有些悲伤。庞曦也几次问我："我们真的，只熟悉了一个月吗？"我说："我们上辈子已认识了一百年。"庞曦没有反对。

会议结束前的晚上，庞曦有饭局。我一个人在酒店周围跑圈。一个问题深深地困扰了我：我和庞曦到底是什么关系？严格来说，她不是我女朋友。但我有一种神奇的安全感，只要我给她发消息，就一定有回应。我喜欢这种回应，就像是我的生命有了延伸。我和庞曦像是两座连在一起的山脉，我们有不同的历程，不同的发展，却紧紧相连。我们拼命挖掘，一点一点寻找彼此的存在。

　　回到房间。庞曦依然没有吃完饭。我洗过澡，躺在酒店的双人床上，只觉心里格外空荡。我问庞曦什么时候回来。她说已经在路上，只是没太吃饱，让我到楼下买点八宝粥，她怕她到酒店的时候，超市关了门。庞曦的话里有种天然的亲切，我很喜欢。

　　我进庞曦房间的时候，庞曦已洗完澡换上睡衣，玲珑的曲线在紧身连衣裙下暴露无遗。庞曦接过八宝粥，从容地走回床边，缩回被窝。她收腿的一刹那，松软的裙摆下滑，露出了完整的小腿和部分大腿。我内心有些动摇。我谈起酒店的装修，说甲醛的味道有点重，极力掩饰我的动摇。庞曦没接我这个话茬，而是拿出手机说："我有个同事可讨厌了，天天发朋友圈，生怕别人不知道他天天加班。来，你过来看看，你看看这朋友圈发得是不是太频繁。"

　　如果不是庞曦脸上的绯红，无可争议地证明了我和庞曦接过吻，我大概都不会相信这一切的发生。在庞曦点开了第三个朋友圈状态时，我突然意识到，我紧挨着庞曦。那若有若无的香气，似乎能接近的发梢和娇柔糯软的声音，无一不昭示着吸引。我颤抖着伸出手，从侧面揽住了庞曦的肩膀。庞曦似乎对此毫无察觉。我的心脏仍然狂跳不停，十分担心庞曦下一秒就发现我的侵袭。

　　庞曦始终没有。她依然点开了第四、第五……第十六个状态。我紧紧抱住了庞曦，我低下头，尝试吻她。喜悦、兴奋、迷乱，伴着上涌的血液冲撞着我的大脑，氧气被急速地消耗，我整个人有些头昏，在被憋死前我抬起头，这才感觉到异常。庞曦美丽的双眼皮轻垂，脸形的弧度似乎有一丝忧伤。我像是被浇了一盆冷水，所有的热火都被浇灭。我迟疑地问："你不喜欢我吻你吗？你好像很难过。"庞曦摇摇头说，没有。可是，她脸上依然写满了不知名的符号，看起来和快乐无关。我的头歪向一旁，静静地抱着庞曦，心里五味杂陈。不知道过了多久，庞曦突然笑了。她慢慢地靠近我，小巧的舌头穿过我的牙关，捉住了我迟疑的小舌头。庞曦的吻热烈而勇敢，与我的笨拙截然不同。

5

我是临近中午时接到马伯乐电话的，这时阿里电力联网工程正好一次送电成功。他在电话里祝贺我完成了阿里电力联网工程，说我们结束了阿里地区电网孤网运行的历史，"解决和改善工程沿线十六个县、三十八万农牧民的安全用电问题"。

马伯乐的祝福是真诚的。事实上，我到西藏援藏很大程度上也是马伯乐主导的。而马伯乐和我互相转变印象，也只能说机缘的奇妙。因为我是临时知道自己要去苏州代会，所以我只能赶去单位加班。而这个晚上，极少在加班时间出现的马伯乐居然从我办公室前路过，他隔着透明的格栅看了看我，若有所思，走进来和我打招呼，还带着一股酒气突然问我："最近公司变动挺大的，你怎么看？"

我看着马伯乐，他脸上浮现出一种我难以理解的表情，看不出一点敌意，甚至还有三分温情，像一个长辈对晚辈的谆谆教诲。我隐约地感到，我之前似乎犯了一些错误。我极力转动僵掉的脑筋，猜测马伯乐的"变动"，到底指哪一方面。最近外部监管很严，公司发展形势不明朗。他极有可能是问我对形势的认识，但我还是问出我的理解："变动挺大？您是指最近领导人员的调整？"

马伯乐没说话，眼神里却有一种鼓励。我停顿几秒，开始组织语言："我觉得您还是挺有魄力的。这么大幅度的调整，我以前从没遇到过。新选用的这些人，也许未必是能力最强的，但都很年轻，符合现在领导人员年轻化的趋势。"

这些话原则上都是对的，当然我也有我的保留意见，只是此刻我没有说。马伯乐看似相信了我的答案。他没有评价，但眉间的"川"字完全舒展。他随意问了几个问题，最后还是走完了规定套路。他拍着我的肩膀说："好好干，机会是给有准备的人的。"

我啼笑皆非，觉得马伯乐是喝多了。所以从苏州回来后，我并没有找马伯乐汇报过思想动态，我只是和庞曦无时无刻地聊天。很多时候，我们会一遍又一遍回味那个难忘的吻。我急迫期盼下次见面。一到周五，我就抛却一切杀往无锡。尽管，庞曦那晚要陪父母走亲戚，第二天也不见得回来。

到了无锡，我才感觉疲惫。我一边和庞曦聊天，一边懒懒地翻着《王子复仇记》，直到听见门铃响。我挪开猫眼，居然是庞曦。她不是没空的吗？我还没想明白这个问题，已经打开门，把庞曦抓在怀里。庞曦应该是被我的反常逗乐。她嘴角一歪，拉出一个坏笑："我又不会跑啊，你怎么这么猴急，嗯？"这个"嗯"字带着上扬的鼻音，慵懒中透着性感，宛如在我心脏上用羽毛轻轻撩拨了一下。"不过，我能理解，毕竟一个星期没见了嘛。"庞曦在"一个星期"四个字上加了重音。我脸红了，退后几步，让庞曦走进房间。

　　这天，我和庞曦睡了。至今我也不知道，这是不是一个正确的决定，直到今天也不知道。不过那时候，一切理所当然。当时，庞曦没有理会我的撤退，而是逼近了我，看着我慌张、无措的样子，笑得格外开心。庞曦上前一步，定定地看着我，眉毛上挑："不想和我有进一步的接触吗？"庞曦的话里充满了戏谑和挑衅，眼神里更投射出让人心颤的光。

　　这个晚上，我重新认识了一遍庞曦。原来她是一名作曲家，擅长气声创作。气息虽然微弱，却能把灵魂捕捉。我常常难以分清，谁是谁的伴奏，谁是谁的副歌。曲子谱完，我抱住庞曦不想让她离开。她摸着我的脸，让我乖，说她明天还来。我仍紧紧地抱住她。庞曦还是走了，走之前，她站在床边穿衣服。突然，她被电视里的桥段逗乐，笑得前仰后合。好一会儿，她才收住笑声，绕到我的床边抱住我。我内心突然很满足。我知道庞曦前仰后合时是真的开心。我知道生命很残酷，我知道世界不美好，但我期待她快乐，我带来的快乐。这无疑是，我活在这个世界最好的证明。

　　随后的几天，我一直维持着这种满足，直到周一下午，主任闯进来，告诉我马伯乐找我。我十分不乐意在这时候被人打断，却只能顺从他的旨意。在马伯乐办公室，马伯乐和颜悦色地告诉我，他准备在宿迁增设一个管理中心，而我是他物色好的负责人选。我简直不敢相信我的耳朵。马伯乐居然要重用我，这根本超出了我的理解范畴。我呆呆地想起他那句话"机会是给有准备的人的"。

6

我挂断马伯乐的电话，心中说不清是什么感觉。马伯乐说要调我回江苏工作，但要等到开完党委会后才有正式任命，所以在未来的一周内，我可以在西藏修整修整。但我不知道我可以怎么修整，我在西藏的生活很多时候都很单调，工作、睡觉，偶尔参加一场饭局，仅此而已。如果说还有什么娱乐生活，大概就是我喜欢在爬山的时候与施工人员闲聊。许许多多一线工人都有他们的辛酸苦辣，我把这些记录下来，写成了电力日志，在网络上发表，赢得了不少人对我们援藏人员的赞同。毕竟我们翻山涉水，让青藏联网工程、川藏联网工程、藏中联网工程等一条条电力天路腾空而起，让几千村镇几百万居民的生产生活有了可靠电力，这些现实的变化大家都是看得到的。

晚上是正式的庆功酒，但我喝得并不多。昨天晚上失眠那么久，我心里终究有些担心，怕自己的身体吃不消。我喝完酒后照例是快乐又悲伤。想起我刚到宿迁时，曾想让庞曦辞了工作来宿迁，却遭到了她的反抗："我辞职找你？你确定这话过脑子了吗？你很容易让我暴躁。因为你不会说话，因为你没有常识，因为你分分钟就会把我惹怒，从来没有哪个男人会让我这么暴躁，你是第一个。"

这话尖酸刻薄，初次听来我感觉有什么东西，"砰"一声碎裂。可我知道，这不怪庞曦。她的暴躁和我工作的调动分不开。我在南京时，想见她毕竟容易。那个夜晚，庞曦听到消息时没有生气，没有悲伤，只是有一种让人心神俱碎的安静，脸上又挂着初次接吻时的悲伤。不，和初次接吻时的悲伤不同。这时的悲伤更添了一丝凉透心的失望。我知道，那是从高峰坠落至悬崖的失望。我不知道还能弥补些什么，只能抱住庞曦，承诺会一直给她温暖。

但我连这都没有做到。宿迁工作铺开后，我彻底地明白，马伯乐选择我的原因。这里的一切都是个空壳子，百废待兴，需要一个年富力强，又有项目管理经验的人吃苦受累，而我刚好符合这个条件。很多时候，工作就像沼泽，很轻易地把我困在浮萍里，这让我很难及时回复消息，这无疑让庞曦更受冷落。她几次不知道是在对我生气，还是自暴自弃地说："我们的热恋期已经结束，现在要进入平淡期了。"

庞曦的说法，我那时始终不认同。什么热恋期、平淡期，我那时根本不相信有这些阶段。但时间越是推移，我越是恐慌地发现，庞曦说的话一定程度是事实。我确实失去了一种和她心灵相通的魔力，以至于庞曦告诉我："我觉得你离我很远了，各种意义上的远，突然没有了能坚持下去的勇气。"

我们当然还在坚持。我还是常常会在周末去看庞曦。我会开好房间，买好奶茶买好蛋糕等她过来，一起补充能量再拥抱接吻。我们依然会在我回去的路上，反复回味我们新发生的点点滴滴。庞曦始终会盼着我再去无锡，我也会在做每一个决定时都思考庞曦的位置和身影，只是我忘记了把这件事告诉庞曦。我以为这一切没有必要说，我以为我想的庞曦知道。但在这个醉酒的晚上，我格外清醒地认识到，有些事情，不说也许就没人知道。

"我不会等你的，再见吧。"这就是庞曦给我的最后信息。我不知道她怎么看待我离开南京，更不知道她怎么看待我离开江苏。大概，她觉得被一再抛弃吧。可我去援藏也是没办法的呀，这里的网架总要有人去补强，牧民们的生活总要去改善呀。但也许，对那个时候的我们来说，我这样的选择不是最优的。我至今不能相信，我已经和庞曦分了手的事实。庞曦留给我的记忆，实在太过于鲜明了。她收腿一刹那的耀眼，第一次接吻时的悲伤，至今仍历历在目。我还记得她在酒店房间里看电视，哈哈大笑，前仰后合，这一切就像刚刚发生。然而，她确实从我的世界里消失了，从我去西藏前跑去无锡她却不肯见我开始，她就在我的世界里消失得彻彻底底。我到西藏后还是会无数次不死心，曾在高原反应剧烈，吸着氧气时给庞曦发微信，想要把她拽回我的世界里。但我收到的回复永远是，消息已发出，但被对方拒收了。我曾试着用同事的号码给她打电话，但永远打不通。西藏的一切，也许在她那里都是禁地。

　　窗外已经露出鱼肚白。又一个新的一天将要开始。属于昨天的记忆却如奔流不可抑止。我想起庞曦跳跃着打地鼠，想起她告诉我要去刷牙，想起她低声唱起《阴天》，想起她告诉我，晚安就是我爱你爱你。这些记忆不断冲撞着我，像是一匹匹野马，拼命要撕碎我早已死去的身体。我不止一个星期没见到庞曦，而是足足两年。甚至，也许是一辈子。我伸出手，想触摸窗外的光亮。当然是不可能。一层玻璃结结实实地挡住了我。我感受玻璃的冰凉，与记忆中的温暖，怎么也联系不到一起。

　　手机铃声响起，正是莫文蔚的新歌《这世界那么多人》。"这世界有那么个人，活在我飞扬的青春。在泪水里浸湿过的长吻，常让我想啊想出神。"我不由得沉浸在莫文蔚的旋律里，直到歌曲走完，这才拿起手机，发现原来是一个陌生的无锡号码给我打来的电话。我思索几秒，回拨了电话。

那一列开往春天的高铁

1

她在最后一秒赶上高铁。

春光温暖，一路狂奔让她汗流浃背。她气喘吁吁地坐下，拿出纸巾擦了擦汗，正想再拿出梳妆盒照照镜子，一阵困意袭来。奔跑本使人疲累，何况她昨夜几乎没睡——她在昨夜临睡前知道自己得了全国文学大奖。她简直不敢相信这个消息，像一个喝醉酒的人，再三确认：真的是我吗？你从哪里知道的消息？真的是我吗？这怎么可能呢？你确定真的是我？

她的疑问当然不止这些，她的重复也不止这几遍。最后，她终于在对方的不耐烦中确信，这个奖是她的。她开始兴奋，持续整整上半夜。她回想自己是如何走上文学之路的，一路走来又是如何艰辛。当然，现在她心中充满躁动和欣喜。她想象自己如何走上领奖台，好友们如何通过微信和电话恭喜自己，又如何把她获奖的消息发到同学群、同事群、文友群。然后，一群认识或者不认识的人开始加她的微信，和她套近乎，再邀请她有空到大连、广州或重庆转转。她当然不可能接受这些邀约，但她需要谦虚、矜持，甚至压抑地表示感谢……

一直折腾到下半夜，她感到自己千真万确是困了，才开始停止那些无聊的想象。可一闭上眼，一个意想不到又理所当然的事情发生了：一个模糊的身影跳入脑海，怎么也赶不走。与之相关的回忆像一个魔咒，引领她的思绪混乱地游荡。一股冲动也突然涌上心头，如此的真实又如此的荒唐——她要去北京领奖，却坐上了前往南通的高铁。

是的，她就这么来了，没和自己更多商量。

怎么会这样？想想真是可笑，她早已不是十几岁的少女，不该被冲动的情绪左右。可没有什么应该不应该，那些应该的，她都没应该，那些不应该的，她都应该了，她就是这样的一个人……她摇摇头，阻止自己想下去。她定下闹铃，闭上眼，在说不出的疲倦中睡着了。

再醒来已是两小时后，闹铃当然还没响，尽管她梦中那闹铃已响了无数遍，她也下车了无数遍。这种感觉非常奇妙，就像参加了无数次去南通的旅行。她到过南通无数次，有时是培训，有时是开会，当然，在那个夜晚后，更多时候她到南通就没有了工作上的目的。

她找到微信，看到那个永远停滞的头像，孤零零地"躺"在那里。她想象那个头像发生了什么，平淡如水或者惊心动魄都有可能。只是这一切都没有她的参与，她只能止步于想象。

2

　　这是她第一次来到南通市高铁站。出站时，她努力往前方张望。她期待看到陈文杰在出站口等候，满面笑容地接过她沉重的行李箱，牵着她的手领她坐上车，然后迫不及待地给她一个拥抱，告诉她他是多么想她。这些当然是不可能发生的，她早已将陈文杰拉入了黑名单，陈文杰根本不知道她会来。

　　她一个人走出站台，看着外面的阳光，心里有一点点空。她摸索着找到乘车的地方，茫然地跟着指令上了一辆出租车。她看见出租车司机正双手抱头仰在靠背上，饶有兴趣地听广播里传来的国际新闻，讲述着俄乌最新情况。她不关注这个话题，而司机似乎意识到这点。他关掉广播，友善地提醒她系好安全带，然后热情地问她去哪里。她也不知道去哪里，她想去狼山，但现在不行，她需要先去一个地方放行李。她抬头看着司机，猜想他也许期待她说出一个遥远的地方，但她可能无法满足他的愿望，她此刻能想到的地方只有一个——铭笃大酒店。

　　她已八年没住过铭笃大酒店，但她知道它一定还在。酒店的公众号常在春节、端午节给她发来消息，提示各种礼盒正在热卖。她当然不需要这些东西，她早弄丢了来南通的路，可她没有把公众号取消关注。她有时不在意公众号发来的消息，但有时也会猝不及防地看见那些射来的箭，然后想到铭笃大酒店，再模糊地想到与之相关的人和事。某种情绪也会随之泛起，舒缓又强烈，压倒性地把她撞得四分五裂，然后有一些记忆的拼图在碎裂中变得清晰。

　　她去四川时是二十九岁。同龄人不少结了婚，有的已生了孩子，但也有不少人孤身一人。在这偌大的南京城，找相伴一生的人哪这么容易？母亲是传统的人，看不得她离经叛道，整天念叨："你都多大了？二十九了！还不找对象？我在你这个年纪，孩子都五岁了。"这些话重复、压抑，让她心生厌烦。

　　"我凭什么非得结婚不可？我一个人不是过得挺好的？"她觉得需要找个地方呼吸点新鲜空气。她觉得最好是四川。她报了个旅行团，先去了九寨沟，在那看到稻城亚丁的广告。没费多少思量，她就开启了亚丁之旅。

　　那是一趟轻松的春日之旅。大家来自不同的地方，年龄、身份也各不相同，彼此都很陌生。但仅仅过了一天，这些陌生人精准地识别了彼此，聚成一个个花骨朵似的小团体。他们三五成群地聊天、拍照、喝啤酒吃烧烤，仿佛认识了很多很多年。她也和两个三十岁左右的单身女人混在了一起。她们常聊起正热播的《甄嬛传》，聊起明星、八卦，偶尔也会聊到爱情和男人，当然，她们都拒绝相亲和婚姻。她们是三个女人，是撑起一台戏的三个柱子。

　　衬托她们的半个人，是编外的陈文杰。陈文杰是她同座，是南通一家供电企业的员工。他们都是江苏人，算是老乡。如果不是这样，只怕陈文杰混不进任何一个"花骨朵儿"。他缺乏对人情世故的洞察力，也完全不懂得如何讨女孩子欢心。他的聊天只会在文学、音乐和环保上打转，还总爱说一句惹人烦的口头禅——

"你知道吗"。

"你知道吗，南通是万里长江在江苏入海前的最后一道生态屏障。"

"你知道吗，江苏是能源大省，但一次能源匮乏。一次能源是什么你知道吗？"

她当然不知道。她既没兴趣了解什么是一次能源、二次能源，也没兴趣知道清洁能源的发展与天蓝、水清、岸绿有什么关联。她常在被提问时心里憋屈，暗想："我出来散心还要被考吗？你这位弟弟是不是太可爱了？"但她是一个有素质的人，没有把她的烦闷显现出来。她只是含蓄地笑笑，心想，如果再早几年听到这些话她一定会皱起眉毛。

但即便她现在没有皱起眉毛，她也觉得陈文杰应该懂她的潜台词。正常人都应该懂吧？可陈文杰竟然不懂。他依然会叹息地谈起几个污染事件，又高兴地说起随处可见的治污行动，完全不顾她已不耐烦。陈文杰太小了，他不过是一个二十五岁的孩子，无法发觉她的敷衍。

她和陈文杰车下交流不多。她总和两个女人混在一起，说说笑笑不停。她们互相拍照，把旅行的痕迹和她们突然迸发的友情定格在一张又一张照片里。两个女人有时会开玩笑说陈文杰喜欢她，还会不怀好意地瞥陈文杰几眼，说他实在不解风情。她总是捶她们的肩膀，制止她们的胡说八道，说这些是根本不可能的。但她很多时候不经意转身，的的确确能看见陈文杰就在那里，离她不远不近。每当她看向陈文杰，陈文杰总会迟疑、怯懦地看着她，等待她可能的召唤。一个奇怪的念头涌上她的心头：他只是她一个人的编外。

她开始下意识地关注编外的身影，想不出他为什么这样。可能在这旅行团大家都被施了一种魔法，让彼此天然靠近。她知道上车陈文杰还会在，错过饭点，陈文杰也会发消息提醒，这是一种独特的温暖和依赖。陈文杰在三怙主神山下告诉她，南通有216公里江岸线和206公里海岸线，只要所有人都齐心协力，南通早晚有一天比现在更美。她理应不相信，因为她去过一次南通，看见过烟囱林立的化工厂，也看见过漫天灰尘的砂码头。这样的地方也能改造成青山绿水？但陈文杰脸上那种强烈的自信，就是带给她一种极强烈的冲击，这在她心上划过了奇妙的痕迹。

3

出租车在驶上大路时，车窗外变得亮堂了。现在确实已是春天，时不时看见鸟儿在天空跳舞。她有许多年没在城市看到过候鸟，也没在夜晚看到过星星。她当时并不在意，觉得城市不需要这些。她习惯高楼大厦，习惯车水马龙，觉得这些才是繁华。她曾几次欢乐地唱起："现在的一片天，是肮脏的一片天，星星在文明的天空里，再也看不见。"但第二次亚丁之旅后她陡然惊醒。自己以前的想法多片面呀！只有混凝土、没有人气，那不过就是牢笼而已啊！她开始发自内心地认为，真正优雅的城市一定是人与自然和谐共生的城市。

她看向窗外，天很蓝，像大海，几个年轻的女孩在大海边欢快地游荡，手中还捧着奶茶。她爱喝奶茶，曾给"花骨朵儿"买过奶茶。她心中的"花骨朵儿"自然包括陈文杰，只是她必须先看向左边，询问两位女士要喝什么。好吧，为什么是必须？她也说不清楚。她可能也是个不善表达的人。

她背上没长眼睛，但她清楚地"看见"，陈文杰正眼巴巴地看她。她扭过头，正看见陈文杰低头掩饰自己的模样。这掩饰太过徒劳，下一秒就被拆穿。当她询问陈文杰是否想喝奶茶时，他眼睛第一时间放出光芒。只是陈文杰无法回答她接下来的问题，他连珍珠奶茶里的珍珠是什么都不清楚。他憋了半天，最后只能满脸通红地说要喝橙汁。她愣了几秒，像看到天外来客，奶茶店几乎都不卖橙汁呀！她忍住笑和惊讶，回复说："好……"

"你是第一次来南通吧？"热心的司机突然冒泡。她有些困倦，想闭上眼睛，但这句话她不得不回答，否则气氛太过尴尬："不，我以前来过几次。七八年前。"

"七八年前？那变化可大了。姐，我看你这样子，你是来旅游的吧？"司机的追击不依不饶。

"你怎么知道我不是出差？"她反问一句。虽然奔波的痕迹显著，但她并不觉得自己打扮随意。她特意穿上一身去年参加文联会议时置办的套裙，还配上了最喜欢的一双高跟鞋，用以应对那可能的相遇。虽然，这相遇的概率几乎为零。

"我们开出租车的，什么人没见过。姐，我和你说，我们南通这几年环境可好了，清江碧水，很多人还不知道呢，你这时候来旅游真是赚大了。狼山你必须要去，那里风景可美了，不到那里去一趟，我保证你会后悔。还有濠河，晚上一定要坐游轮看一看。"

　　狼山？她是一定会去的。她想起第一次亚丁之旅结束时和陈文杰的约定。陈文杰说江豚好多年没在狼山出没，但他相信这些江豚只是归隐，总有一天还要现世救人。等江豚出水，他一定会邀她去狼山，共享江豚带来的好运。她看向陈文杰的眼睛，又看向他手里的橙汁，突然有一种错觉：陈文杰一定会闯进她生命里。

　　后来，的确如此，但又不那么如此。她突然想起《大话西游》里的一句话——我猜中了开头，却猜不到是这结局。她的脸上蓦然浮上一丝清冷的萧瑟，而这没躲过司机的眼睛。

　　"不过要我说，你得去张謇纪念馆看看。张謇你知道吧？民国资本家。国家领导人都夸他的，他可为我们南通做过大贡献。姐，我说句多嘴的话，你别见外。失意的时候，看看张謇的境遇，说不定能打开一分天地。"

　　司机一点也不见外，姐啊姐的就喊上了，喊得如此顺口，热情得她一点不觉得突兀。她只是觉得司机看走了眼。"我可是文学奖得主，后天还要在北京领奖呢。"她很想告诉司机这一点，但她什么也没说。"我果然老了。"她想。要是四五年前，她一定会小心应付每一个人，哪怕是打车，也会向司机极力证明自己很成功。

　　司机的热情继续着："对，姐，我姓仇，你可以叫我小仇。你别看我现在只是开出租车，但这也是一种事业。也许过几年攒够钱，我也能去创业。"司机说话时眼里发着光，这光让她心颤。她千真万确见过这种光，那种她曾以为幼稚单纯的光。

　　她和光的主人再见面很有戏剧性，无法说清是谁主动的。从四川旅游回来后，她所在公司的业务板块进行了调整，需要有人定期到南通出差。她就是那个"有人"。那时南通真的"难通"，高铁站还没有建好，从南京到南通坐大巴车得五个多小时。最夸张的一次，因为堵车，她坐了整整八个小时的车，现在坐上高铁居然两个小时出头就能到南通。

也许就是因为路途遥远，才让她有足够的时间做一些她想不到的事情。她发了一条微信朋友圈，配图是一张车票照片，文字写的是"青年节的奋斗"。半小时后，陈文杰联系了她，战战兢兢地说想请她吃饭。她答应了。

那晚他们是在铭筼大酒店吃的饭。第二次出差时，他们饭后又看了电影。他们开始聊天，密集又碎片化。她突然觉得眼前的景色被赋予了神奇的意义，世界变得奇妙又五彩斑斓。她知道这是陈文杰带来的变化，内心又是欣喜又是胆怯。她不敢相信她会喜欢这个比她小四岁的男人，也没自信这个男人会喜欢她。她更害怕给不了陈文杰想要的东西。

只是这一切，她没有告诉陈文杰。

4

她感到一阵明显的震动，从迷糊的游思中惊醒。司机，不，城市摆渡者小仇，回头给了她一个歉意的眼神："不好意思，刚刚突然有只鸟飞过去了。这两年空气好了，绿化多了，各种叫不出来名字的小鸟也变多了。要是你有空，可以去趟南通博物苑，里面有个摄影展，全是各种鸟的照片，可精彩了。"

南通博物苑吗？她也许有时间。她有海伦·凯勒期待的三天光明，足够看看216公里江岸线和206公里海岸线的新生活，看看南通崭新的一切。只是这次，她只有一个人。

她第三次来南通也是一个人。这天是陈文杰给自己定的"普法日"——他常会在周四下班后去一些企业或居委会讲电能替代的重要性。她有时候会说："你是不是傻，你讲了人家听吗？"陈文杰总会回答说"星星之火可以燎原"，还说"大家总有一天能认识到绿水青山就是金山银山"。她总笑笑不说话。她喜欢陈文杰这个样子，傻气又可爱。

她一边吃饭一边想，陈文杰会怎样与街坊邻居谈"共抓大保护，不搞大开发"。她突然抿起嘴，觉得那一定很有趣。

有一次，回到房间后，她看起《夏目友人帐》，猜想陈文杰今晚是否会来。陈文杰没让她失望，在晚上九点半敲开房门，手里还捧着一杯奶茶。他自然地进屋，和她聊了好一会儿。他们说起白天趣事，说起大妈的热情，一直笑个不停。但笑声停下刹那，他们隐约感到尴尬。那是一种定位的模糊，那是一种分寸的迷途。他们在拘束中尝试大笑，在夸张和变形中掩饰泛起的情绪，最后陈文杰被笑声赶跑。

陈文杰离开后，她关上门，开始洗漱，然后躺在床上翻手机。她手指刷着屏幕，心早飘到陈文杰身上。她猜他还没到家，但她还是发出短信："你到哪儿了？"这时她听见了门铃响。

是陈文杰。

她以为陈文杰忘记了什么东西，但听到了意料之外的话："我想和你在一起。"她拍拍耳朵，以为自己听错了。她连忙反问，得到的却是同样的回答。她脸一下子红了，眼也直愣愣看着陈文杰。陈文杰仿佛突然意识到了什么，双手比画，结巴地说他一离开房间就想她。她无法下定决心，又无法拒绝陈文杰，只能愣愣地站在那里。陈文杰竟然直接坐在了房间里的单人沙发上，没有离开的意思。她哭笑不得，板起脸，说她要休息了。可她的严肃没持续多久，最终因为陈文杰的耍赖而笑场。她一笑就没了力气，被陈文杰一把抱在了怀里。

她习惯了一个人，身旁多个人，她无法睡着。她看向陈文杰的眼睛，颤颤地说："到底怎么样你才肯走？"她想如果一个吻能打发陈文杰，她一定会同意。她相信此刻陈文杰能读懂她，也看见了陈文杰的动摇，最终却听见他说出口："我真的只想和你一起聊天。"

5

"姐，铭笃到了。"司机提醒道。

她看向窗外，这确实是铭笃大酒店，承载她最美好岁月的铭笃大酒店。那些彻夜不眠的聊天、那个宽厚坚实的拥抱、那些温柔无比的低语，纷纷迎面扑来，瞬间将她砸晕。从那一个幸福的夜晚开始，他们翻过了无数座山，蹚过了无数条河，但最终没有结果。她当时觉得是陈文杰的错。

陈文杰太执着于碧海蓝天，总是加班加点，常常做一些根本不是他工作职责范围内的事。他常常在休息时间跑到农村，为那些新冒出来的民宿用电提供勘查、装接服务。她简直搞不懂他，这些民宿和你期待的"环境美"又有什么关系？陈文杰居然告诉他，这些民宿主人都是长江"十年禁渔"退下来的渔民，他有理由给他们服务好。她们相处的时间太有限，这不是她想要的。

她抬头看太阳，阳光刺眼又灼热。她身子晃了晃，从后备厢取出行李，沉重地前行："八年了，我终于还是来了。"

她缓缓走进这个宽敞的酒店，看到指针刚好指向十一点。她看向前台，那里空空如也。这不是八年前，不是她最快乐的那段日子。否则，陈文杰的奶茶一定会恰到好处地出现。不知道陈文杰现在还喝不喝奶茶，还是又喝起橙汁？她嘴角上扬，轻轻地笑了笑。但几秒后，她嘴角后扯，紧紧绷住嘴。分手那天，她就是站在这里，一脸不耐烦地看着陈文杰。不，不只是分手那天，分手前的那段时间，她都对陈文杰不耐烦。她已经到了而立之年，却没有家。闺密们都已结婚，朋友圈秀着房子、车子。她什么也没有。她不得不对陈文杰失望。陈文杰只比她小四岁，可这四岁竟是无比深邃的鸿沟。他是如此单纯，对人际关系的理解肤浅又幼稚，像一个没长大的小孩，只活在自己的理想世界。她几次劝陈文杰离开南通，来到更大更有前途的南京，可陈文杰就是不肯放弃他的梦想，发誓一定要让她看到江豚。

这是多么可笑？陈文杰总想着在南通的工作，想着碧海蓝天，总在规划狼山，说要在那里建设一个"全电景区"，可这一切与她何干？就算看到江豚，她就可以当这几百公里的距离不存在了吗？她不留情面地打击陈文杰："你是市长局长吗？不，你不过是一个普通人，你这样努力有什么用呢？"她还嘲讽陈文杰说："建了全电景区又能怎样，你去狼山旅游就能免费了吗？"说完她就意识到自己太刻薄了，她看见陈文杰呆呆地看着她，但她没有收回自己的话。她无法收回。那段时间她就是无比暴躁，一想到陈文杰就变得暴躁，整个人完全不像她。可这能怪她吗？她先是感到委屈，觉得陈文杰从地理到心理都离她很远，随后觉得那些她曾喜欢的点都变得让人讨厌，连带着陈文杰都让人有些厌烦。她万念俱灰地想结婚，觉得对象是谁都没关系，只要稳定就好……

她咬住牙齿，木然地站了很久。直到服务生把她唤醒，她才拿出手机，办好入住手续，换得一张房卡。她正要迈步，猛地发现陈文杰就站在那里，带着一张错愕的脸。他抬起手，似乎是想拥抱她，可他脸上又浮现出那种名为尊重的软弱。他嗫嚅着说："我们还没去看江豚呢。"

她听见一个人的声音："不必了。"这声音决绝又残酷，简直不像她，可那确实是她说的话。那天正是她三十一岁生日。三个月后，齐东明出现了。又过了三个月，她就和齐东明闪婚。她没通知陈文杰，可陈文杰不知从哪里得到的信息，还是出现在婚礼上。在刺眼的灯光里，在昏暗的人群中，她一眼看见陈文杰痛苦、纠结、碎裂的脸，但她装作没看见。随后两年时间，她收到过陈文杰的一封长信。那封信她没怎么看，她觉得陈文杰有些太可笑了。

她一个人走进房间，仿佛又看到了陈文杰的影子。这当然都是幻影。她扔掉行李，往后跌落，整个人凹陷在酸涩里。那些或欢乐或悲伤的事她没有刻意去想，但它们就是轻易地跳出来，似乎早就蓄势待发。退一步说，哪怕它们不跳出来，也始终在那里，像一块大石头沉在波澜层层的湖泊里。那是谁也无法抹去的爱过的痕迹。

6

现在她在张謇纪念馆。她也许真的是一个失意的人。她弄丢了自己的爱人，与齐东明的婚姻也只维持了三年。她在三十四岁那年离婚。但她知道，即便婚姻继续下去，她也不可能过得幸福。她和齐东明的组合，本来就是错误。她以为沿着与陈文杰相反的方向就能找到快乐，实际上那根本不可能。一个世俗的、斤斤计较的人，和她根本不搭。

离婚后，她参加了一次长途旅行，一路向西到了亚丁。旅行当然为了疗伤，但她很难说清疗伤方法。她自然是要看看风景，看看与苏南不一样的山水美景。但某种意义上，她也隐隐期待这同样的路上，会再遇到同样的人，而这个人也许能带她挣脱悲伤。她没有细想这些，只是收拾行李，准备短暂地逃离南京。

旅行的车上自然挤满了人。她看着一张张陌生的脸，想着也许几天内会和他们熟悉，心情异样复杂。她有快乐的记忆，也曾有带给她快乐的人。只是情绪如此低落时，她理论上没想起陈文杰。至少，她没想起他的脸，没想起和他一起经历的事，她只是记得那种感受，就像从远处缓缓袭来的浪花，在心上轻柔地拍打。

也有人向她靠近，有男人也有女人。她不知为何生出几分防备，这防备不针对任何人，却自觉地抵御着那些忽远忽近的热情。那些或热心或无聊的人知难而退，留她一人躲在人群背后，冷冷地旁观一切。

这种情况一直持续到最后一天。她在三怙主神山下车。她晒着温煦的日光浴，看着山顶一望无际的白雪在阳光下泛着金色光芒，突然觉得自己十分渺小。而她的一切烦恼与自然的神奇相比，都显得如此微不足道。她觉得她可以活下去。

她在旅行归来后开始读陈文杰的信。她意识到自己错了。陈文杰的信没有如她所料一般写的都是求她回心转意的话，也没有指责她的背叛。他只是叙述她走后的一些事，疼他的爷爷去世了，同样疼他的外婆也去世了，父母在慢慢变老，工作上也有难题，一切似乎都有些糟。陈文杰写得极其克制，但她能深刻地感受到陈文杰的痛苦。和她在一起时，陈文杰父母健康，祖辈也很健全，这是陈文杰一直为之骄傲而幸福的事。陈文杰总是津津乐道于他的这些亲人，脸上洋溢着希望。她知道陈文杰的爷爷勇敢坚强，曾肩挑百斤担子走南闯北，也知道陈文杰的外婆是个要强又独立的老师，一直受人尊敬。这些人她还没来得及见，就一个个走了。时光，真是一个可怕的东西。

陈文杰在信的结尾说想她。他说分手前的那段时间，他无数次想她的时候都没说出口，这是他心里一直后悔的事情，非常后悔。他还说既然现在也没机会说给她听，就写信告诉她。她心里说不出什么滋味，只是觉得大致能够理解陈文杰。那时她总是指责陈文杰，说他情商低又自以为是，还说他不食人间烟火不为他们的未来着想。她不知道为什么要这么说，也许是一种情绪宣泄，也许是想推卸那根本推不掉的责任。这些指责当时也许起了一定作用，但现在她觉得后悔万分。

她开始写作。构思第一篇小说时，她不自觉地把陈文杰代入她的文字空间。她翻看那一封长信，感到内心一直被一种火焰强烈地灼烧着，疼痛、酸涩、催人发狂。特别是每次看到结尾出现的那句"我不会放弃梦想的",她的心更是久久不能平静。她简直不敢想象,在那样阴雨连绵的日子里,陈文杰是怎么走出接二连三的打击。更不敢想象,陈文杰是以一种什么样的心情强调,他绝不会放弃梦想。这是一个怎样的人?他为什么还在坚持?她多想有台时光机,这样她可以让时光倒流,以便自己留下来陪陈文杰一起走那一程。可那是不可能的,她再也无法抓住那些已溜走的岁月。她不禁滴下了懊恼的眼泪,打湿了长信。

她十分想见陈文杰,也十分期待能补偿他些什么,或者说,补偿自己些什么。可他们还会见面吗?她该说些什么?"我过得不太好,事实上,我离婚了?"不,她不可能去说这些的,她的骄傲不允许她这么做。

日子依然要过下去。后来,在很多碎片化的时间里,她的脑海无数次涌上那个念头,什么时候想办法去见一下陈文杰吧,可也无数次觉得不是时候。她一天天老去,开始长胖,曾经最爱穿的旗袍也因小腹的微微隆起而只能闲置在衣柜的角落里。她的皮肤不再紧致,抬头涂眼影时额头总冒出皱纹,这些也都成为阻碍他们见面的屏障。她开始健身。她的身材在慢慢恢复,作品也在一篇篇发表,但她总在那些想要见面的细碎时刻,忍不住想转身逃跑。

7

现在她只剩一个目标——狼山。

她从去年开始有意识地写环保题材的作品。她有时扪心自问："你是不是想邂逅陈文杰？"她无法回答这个问题，知道自己没勇气去见陈文杰。若非天赐机缘，他们注定无法相见。

她开始查阅相关资料，也参加过一些采风活动，认识了几个在环保部门工作的朋友，也会在"不经意"间打听一些与电力相关的生态环保事件。现在，她才知道这么多年来，陈文杰始终在负责能效服务工作，也始终利用业余时间开展科普教育，说服南通当地许多高耗能企业将高炉、转换炉换成了电熔炉等设备。她知道，他依然是一名普通电力职工，至今还没成家。知道这个消息时，她的心脏多跳了一下，但又下意识地感到害怕。

她在狼山入口看到陈文杰的名字和照片。在参观张謇纪念馆时，她就有一个念头，现在这个念头更加明确。某种意义上，陈文杰和张謇很像。虽然陈文杰性格中有踌躇、谨慎和与世无争的一面，但也有冲劲十足、韧性满满的一面。这种矛盾性格，她比任何人都清楚。一旦陈文杰下定决心发车，一定会开足马力，会用难以想象的决心，爆发出令人战栗的力量。

她坐着观光车上山。这是一辆新能源车。据说，狼山现在已经成为"全电景区"。景区的十八辆旅游车和两辆巡逻车都已经换成了新能源车，一百二十六个路灯也换上了节能灯泡，连景区的寺庙都用上了全电厨房。她一路欣赏，觉得狼山处处都是美景。她先是拍照，后来干脆开始摄影，要把美留在手机里。

她在浮桥下车。这里江面宽阔，凉风习习，据说这里是观看江豚出水的最好地方。她靠着栏杆看向江面，心神荡漾地想："今天真的是不虚此行啊，唯一的缺憾是，没有发现江豚。但不管怎样，文学奖的军功章应该分给陈文杰一半，毕竟，获奖作品的主人公就是以他为原型进行文学想象的。"

她正准备转身，却发现什么东西浮出了水面。江豚！她真的看见了陈文杰描述的"微笑天使"江豚。

"这会给我带来好运吗？难道，我会和陈文杰相逢？"这念头刚一浮现，她就自嘲地笑了一下。她已经到这个年纪了，竟还如此天真。

今天是春天的最后一个节气——谷雨。这是一个好节气，这天往往会降下贵如油的春雨。她喜欢下雨，下雨会让她感到宁静。只是她没想到雨来得如此急，刚刚还是晴空万里，此刻却有无数雨滴从云雾里飞流直下，一瞬间将她打湿。她赶紧将手机丢入口袋，慌忙从包里取出雨伞。她正手忙脚乱地想撑开雨伞，一阵风却猛然吹来，将她手中的雨伞打去。她急忙去追伞，却一脚踩空，脚下一个趔趄。她正想再去追伞，一把伞从背后为她挡住了风雨。